GOBOOKS
& SITAK
GROUP©

GOBOOKS
& SITAK
GROUP©

三日月書版

三日月書版

南柯奇譚
NAN KE QI TAN
情相流醉
墨竹——著
Beni——繪
三日月書版
BL032

南柯奇譚
NAN KE
QI TAN

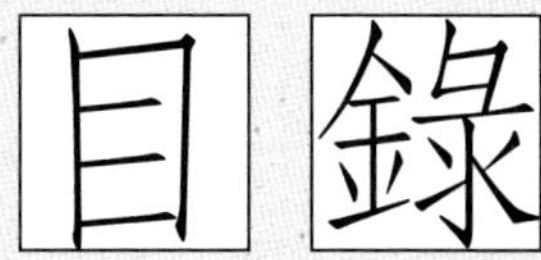

目錄

南柯奇譚
NAN KE
QI TAN
第一章

君離塵醒過來的時候，已經是第二日午後。

四周極為安靜，除了窗外陽光璀璨，一切和昨晚入睡時沒有多大區別。他雖然醒了，卻沒有立刻喊人進來。

他一睜眼，便看到了近在咫尺的君懷憂，恍惚覺得自己還在夢中。散開的長髮垂落下來，環繞著白皙的臉龐，讓向來神采飛揚的君懷憂看起來有些荏弱。

不知道為什麼，自從上次見過君懷憂裝扮成女人之後，這個按理說性格極為刻板的傢伙，總是讓他有種清瘦纖弱的感覺。

他一邊想著，目光一邊落到被自己抓住的衣袖上。

似乎是因為自己一直緊緊抓著君懷憂的衣袖不讓他走，他沒辦法，最後只能靠在床頭睡了過去。

他向來防備心極重，總是睡不安穩，昨晚或許是因為高熱的緣故，他第一次睡得如此安穩，這些年來總是陰魂不散的惱人惡夢也沒有再來糾纏。

也或許，是因為這個人守在身邊？

不，這怎麼可能呢？憑什麼……

「離塵，你醒了啊。」

他側過臉，對上了睡眼朦朧的君懷憂。

他面上不動聲色，一顆心卻猛烈地跳動了起來。

「那藥果然有效，燒好像已經退了，你覺得好些了嗎？」他摸了摸君離塵的額頭，看到君離塵有些呆滯的目光，笑著說道：「你別擔心，昨晚我吩咐過總管，他會讓人替你去宮中告假的。」

君離塵微微頷首，示意已經知道了。

「你覺得渴嗎？不如你放開我的袖子，我去倒水過來，好嗎？」

君離塵這才發現自己依舊死死地抓著君懷憂的袖子，急忙鬆開手，不過那袖子被抓得皺皺巴巴，讓人看了有些尷尬。

君懷憂站起來，舒展一下僵硬的四肢，揉著脖子倒了杯水過來。

君離塵接過水，看他緊皺眉頭的樣子，忙不迭地問：「怎麼了？」

「大概是不小心睡著了，姿勢不太好，所以脖頸有些痠痛。」

君離塵沒心思喝水，立刻放下杯子坐了起來。

「你過來。」他對君懷憂說，「我幫你看看。」

君懷憂依言湊了過去，君離塵拉開他的衣領，力道輕柔地幫他揉捏起來，讓坐在床沿的君懷憂忍不住打起呵欠。

等揉到痠痛處，君懷憂忍不住輕輕呻吟了一聲。

君離塵只聽見自己的心「咚」的一聲，便飛快地把手收了回來。

「舒服了。」君懷憂不以為意地揉了揉不再僵硬的脖子。

君離塵著了魔似地看向君懷憂白皙細長的脖子，耳邊充斥著自己急如擂鼓的心跳聲。

「怎麼了？」君懷憂看見他突然臉色發白，不禁嚇了一跳，「你又不舒服了嗎？」

「不。」君離塵急急地否認，「我就是有點累……」

「那你餓嗎？不餓的話再睡一會吧。」

君離塵立刻躺了下去，坐著的君懷憂掩住嘴，打了個大大的呵欠。

「你很累嗎？」君離塵皺著眉問，「要不要睡一會？」

「也好。」君懷憂立刻答應了，他昨晚上沒睡好，現在的確很累，可他又不放心留君離塵一個人，就沒多想，索性低頭脫掉鞋子上了床。「那我就在這裡躺一躺，你不舒服正好可以叫我。」

君離塵下意識地往後挪動讓出位子，眼睜睜看著君懷憂拉過床尾的另一條被褥，在自己身邊躺了下來。

因為床上只有一個長枕，兩人的臉離得極近。

「那再睡一會。」君懷憂又打了個呵欠，對君離塵迷迷糊糊地笑著說，「不舒服再叫我。」

君離塵卻睜大了眼睛，不知道為什麼會變成這種情況。他是叫君懷憂睡一會，可是想著讓他回自己房裡，何況，他也沒有邀請他一起睡這張床吧？

而且，這人怎麼可以這麼快就睡著，讓人怎麼叫醒他……

一股淡淡的香氣從君懷憂的髮稍和身上飄了過來，那氣味不是君離塵所聞過的任何一種熏香或香料的味道，倒像是在陽光的林蔭中才會有的樹木香氣。若有似無，沁入人心。

君離塵一邊糾結，一邊聞著這清淡的香氣，又一次沉睡過去。

喜薇眨了眨眼睛，不敢相信自己看到了什麼。

聽說君大人居然會告病未上早朝，而且等到日上三竿屋裡也不見有什麼動靜，她出於關心，特意撬開窗戶看看有沒有發生什麼意外。可沒想到一看之下，居然看到了令人無比震驚的場面。

原本聽說在照顧病人的君大少爺居然在床上呼呼大睡，而那個一向視他人如蛇蟲鼠蟻般不願近身的君離塵君大人，居然會和別人睡在一張床上共用一個枕頭？哎呀，君懷憂已經把頭直接枕到了他的肩上，而他非但沒有推開，還自動仰起頭讓君懷憂靠得舒服一點。接著更是把手放到了君懷憂的肩上，就像是情……不行不行，絕對不能胡思亂想，這種場面雖然有些古怪，但這兩個人絕對不會有什麼的，他們可是親兄弟呢。這只是兄弟情深，手足……

雖然再怎麼看，再怎麼想，君離塵也不像是看重手足親情的人。但要是真有點什麼，上次東市劫車的事就完全解釋不通了。

這也不對那也不對，這總讓人看不清的君大人，葫蘆裡究竟在賣什麼藥？

喜薇想得頭都痛了也想不明白，看著這一對相擁而眠的兄弟，看著君離塵臉上的表情……明明是夏天，她還是忍不住打了個冷顫。

「他人呢？」邊脫下朝服，君離塵邊問著喜薇。

「公子跟著人回君家商行去了，聽說君莫舞前天赴宴之後一夜未歸，昨日午後才回了鋪子，之後一個人鎖在自己房裡任誰叫也不回應。其實昨晚君家已經差人來找過公子，可總管見公子和大人都已經睡下就打發回去了。今早大人去上朝以後，君家那邊又有人過來，公子就急急忙忙跟著回去了。」

「君莫舞？」那日晚宴他一個人先退席，隨後跟出去的……不就是韓赤葉？「那晚他出門之後去了何處？」

「那晚門前的侍衛見到他被韓赤葉攔住，隨後上了韓府的馬車。」

「這倒有趣，我這三弟好像和韓丞相之間似乎有什麼不為人知的過往，妳讓人去查一下。」

「我知道了。」喜薇伸手過，遞給他一件外出服，「我已經讓人備好馬車，大人這就可以過去了。」

君離塵斜眼看著她，並沒有伸手接過：「妳這是真把自己當成我的奴婢了？」

「屬下並沒有妄自揣摩大人的心意，只是今早我服侍公子起床的時候，發現公子神色有異，像是身體略有不適。」喜薇看著他，再一次把外袍遞了過來，「若公子真的因為照顧大人勞累病倒了，如今一定是硬撐著處理那些煩心事，也不知該有多辛苦，大人不該過去看看？」

「他不舒服？」君離塵微微變了臉色，「妳為何不早說？」

他一把拿過外袍，轉身朝外面走去，大聲喊著總管的名字。

喜薇「嘖」了一聲，頗有深意地看著他的背影。

「莫舞，我拿了些吃的給你。」君懷憂親自端了一碟點心站在君莫舞門外。

「不管發生什麼事，總不能連飯都不吃吧。」

「大哥，你就別管我了。」君莫舞沙啞的聲音傳了出來。「我都說了，我只是想一個人靜一靜。」

「你已經靜了快一天一夜，大家都很擔心。」君懷憂嘆了口氣。「就算你不想出來，也不能不吃不喝，你先把門打開，我看你吃完就走。」

「我不想吃。」

「君莫舞。」君懷憂揉了揉疼痛的額頭，「你都是當爹的人了，怎麼這麼不明事理？哪怕真的有什麼解決不了的難事，你也可以和我商量，怎麼都好過一個人關在房間裡胡思亂想。」

「跟你說了也沒用，等我想通了，自然就會出來的。」

之後，任憑君懷憂再怎麼勸說，屋裡再也沒有一點聲響。

想不通總是穩重有禮的君莫舞，為什麼會突然變得這麼任性固執，君懷憂無奈之下，只能把食物放在門外，嘆著氣返回了前廳。

「相公，二少爺來了。」快到門口的時候，素言快步迎了上來。

「離塵？」他往廳裡看了一眼，正好看見走到門邊的君離塵。「你怎麼會過來……啊，你是不放心莫舞嗎？」

鬼才關心什麼君莫舞。

看著君懷憂明顯憔悴的神色，君離塵臉上的不悅越發深重。

「懷郎，三少爺他怎麼樣了？」宋怡琳搶上前來問道，「還是不肯吃東西嗎？」

「是啊。」君懷憂點了點頭，「他說沒想通之前不會出來。」

「那怎麼行，萬一他一直想不通，不就要餓死在房裡了？我早就說了，還是把門撞開吧。」

「怡琳，別胡鬧。」君懷憂皺起眉，按壓著額角。「想必是有什麼解決不了的難事，先等等再說吧。」

「可是……」話沒說完，宋怡琳看他身子一晃，驚訝地問：「懷……」

君懷憂突然眼前一黑，往前一倒，宋怡琳一驚，剛要伸手去扶，身後猛然有一股力道把她撞到一旁。

在眾人的驚呼和宋怡琳的尖叫聲中，往前栽倒的君懷憂落到了君離塵的懷裡。

「你哪裡不舒服？」君離塵托高他的頭，臉色陰冷地問道。

「頭痛……」君懷憂呼吸急促，面色慘白，一隻手虛軟地扶著頭。

「該死。」君離塵低低地咒罵了一聲。

「離塵，你別生氣。」想到他一生氣可能會發生的後果，君懷憂忍著不適努力解釋，「我不是故意的……」

「我沒有生氣。」君離塵把他打橫抱了起來，「他的房間在哪裡？」後面那一句突然提高了音量，嚇醒了愣在一旁的眾人。

「往這邊走。」周素言最先反應過來，在前面帶路。

君離塵抱著君懷憂，跟著周素言穿過迴廊，來到君懷憂的房間，他把君懷憂放到床上的時候，其他人也全部跟了進來。

周素言張羅著下人去取了些熱水，宋怡琳和君清遙則在一邊探頭探腦，手足無措。

「離塵。」君懷憂突然叫了他的名字，君離塵聞言俯下身去。

君懷憂在他耳邊輕輕說了幾句，君離塵的臉上浮現驚訝之色，隨即又恢復了平靜。

「行了，別圍著了。」他直起身來，環視在場的人。「你們先出去吧。」

大家都不願意出去，但礙於他身分尊貴，又是君懷憂的親弟，一時不知該怎麼辦才好。

「二少爺，相公這頭痛是宿疾，只有熱敷才能減輕疼痛。」周素言大著膽子說了出來。

「出去吧。」君離塵不耐煩地說，「把熱水留下就好。」

「照顧相公是我們的本分，二少爺你……」宋怡琳勉強擠出笑臉。

「我說出去。」君離塵挑了挑眉毛，面上露出不耐之色，頓時讓房裡的氣氛更加壓抑。「你們聽不懂我說的話？」

「離塵。」這時，床上的君懷憂開了口，「你別嚇著大家。」說完之後，他轉向房裡其他的人：「你們還是先出去吧，有離塵照顧我就行了。」

「可是……」宋怡琳還沒有開口，就被周素言捂住了嘴。

「那麼，相公就勞煩二少爺照顧了。」周素言沉著地應道，「清遙，我們先出去吧。」

接著她把宋怡琳推出門口，等君清遙也走出來以後，順手關上了門。

「素姨？」君清遙不解地問，「爹和二叔把我們趕出來做什麼？」

「相公想必是要和二少爺談些我們不方便知道的事情。」周素言走到院落門外，笑著回答，「反正我們也幫不上什麼忙，還是出來好了。」

「喔。」君清遙點了點頭。

「清遙，你和老王去買些上好的補氣血的藥材回來，我想燉些補品給相公和三少爺。」

清遙應了一聲，往前面走去，周素言回過頭，正對上了宋怡琳似笑非笑的表情。

「妳倒是機靈。」宋怡琳看著她，挑了挑眉毛，「不過是一句狠話，妳就把我當布袋一樣拖來拖去嗎？」

「妳不是總說，做人最重要的就是學會看眼色嗎？」周素言溫婉一笑，「那二少爺是什麼身分，我們還是不要違逆的好。」

「他再怎麼有權有勢，不都是懷郎的弟弟嗎？」宋怡琳雙手環胸。

「怡琳，妳嫁進君家也已經快十年了。」周素言長嘆一口氣。「雖然相公寬厚，我們如今也過得挺自在的，可往後如何誰知道呢?我們和相公和君家綁在一起，二少爺又是這樣的大人物，我們總要處處小心應對才是。」

「我倒是聽說過他的一些事蹟……」宋怡琳笑了一聲。「這棵大樹我們到底靠不靠得住，又有誰能斷言呢？」

「我知道妳心有不甘，如今的相公確實容易讓人動情，不過，我們還是配不上他的。所以妳我還是……死了這條心吧。」周素言側過頭，秀美的臉上浮現出一絲無奈的苦笑。

「說什麼配不配得上，我們不早就是相公的人了嗎？」宋怡琳一臉陰晴不定，「就算我們生來就是被剪了翅膀的雀鳥，在一切未成定局之前，說什麼都為時過早。」

周素言欲言又止地看著她，再次長長地嘆了口氣。

等眾人離開之後，君離塵坐到床沿，小心翼翼地把君懷憂的頭放在了自己腿上。

「這樣嗎？」他低聲問，生怕吵到君懷憂。

君懷憂勉強地點了點頭。

「怎麼會這樣？」看著冷汗淋漓的君懷憂，君離塵覺得自己的心都隨著他的眉頭糾結在一起。「這究竟是什麼病症？」

「沒事，我躺一陣子就會好了。」果然沒錯，好像只要枕在君離塵的腿上，頭痛就會立刻緩解許多，但他隨即想到自己這樣似乎有些奇怪，便強調說：「我就躺一會，馬上就起來了。」

正用衣袖為他擦拭汗水的君離塵聞言一頓，隨即繼續細心地攏起他的長髮，垂放到一邊。

「不用。」君離塵的手指在他的髮間順過，輕聲地說，「就這樣躺著別動。」

君懷憂笑了一聲。

「離塵，回想一下，從我們相識以來，似乎一直都是這樣啊。」

「什麼？」君離塵不解地問，「是什麼樣？」

「你沒有發現嗎？」疼痛緩解許多，君懷憂終於有力氣說話了，他半轉過頭望著君離塵深邃的眼睛，帶著微笑說道，「我不是受了傷就是在生病，而你一直在照顧著我，不是嗎？」

「不是。」君離塵近乎無聲地辯駁著。

「你對我真好，離塵。」他沒有聽到，而是閉上了眼睛。「我能遇上你們，其實特別幸運呢。」

「不，或許是……」

「嗯？」君懷憂想要睜開眼睛，卻被一隻微涼的手覆蓋住了。

「沒什麼，你睡一會吧。」

「我已經好多了，不用睡。」但他也沒有拉開那隻手，而是彎起嘴角。

「剛才你對素言他們發脾氣了嗎？」

「沒有。」不過那些人，確實有些礙眼。

「離塵，你在想什麼？」

「沒什麼。」果然還是要想個辦法，「這世上名醫無數，總能將你這病治癒的。」

「我的頭已經不太痛了。」君懷憂長長地舒了口氣，「治得好治不好另說，如果每次頭痛都有你這樣……可惜也不行啊。」

「為什麼不行？」君離塵看著他溫和的笑臉，輕聲地問著。

「你這樣舉足輕重的大人物，有許多重要的事情要忙，何況就算是尋常人家的骨肉親人，也終有一天要各自分別。」他嘆了口氣，如同囈語一般說道：「我以前總覺得無所謂，有時候還覺得她們挺煩人的，但突然分開了之後，還是用了很久才能接受，也許再也見不到了……」

君離塵的心突然一緊。

「世上沒有永恆存在的東西，再怎麼值得留戀的時光，也終究會過去。這個道理人人都懂，可哪有人能夠坦然從容地面對？」君懷憂把手蓋在他的手背上，「離塵，時光消逝有如流沙，想伸手抓住都是徒勞。你眼前再怎麼重要的東西，也會慢慢湮沒在時間之中。名利、權勢，乃至你我，又何嘗不是稍縱即逝的幻夢。也許我一覺醒來，會發現這裡的一切和你，不過是一個離奇的夢罷了。所以我總是對自己說，只要珍惜眼前就夠了，以後的事情以後再去煩惱吧。」

他靜靜臥在君離塵的腿上，覺得時光似乎就此靜止了。

君離塵看著被抓住的那隻手，卻覺得心頭起了萬丈波瀾。

「為什麼不行？」許久之後，久到君懷憂都已經睡著了，君離塵才輕聲地問道，「為什麼會想到要和我分別？」

「你怎麼能把我也當作一場夢呢？」他輕撫著君懷憂的眉梢，甚至帶著微微的笑意。「沒有什麼能穿過我的指尖，只要我想抓住的，什麼也逃不掉。這個天下會是我的，而你，也是一樣。」

「懷憂，我的懷憂。」指尖撩起君懷憂的一縷長髮，將之放到唇邊，「你既然說了，一生一世不棄不離，那麼就把你的心給我，對我不棄不離，好嗎？」

那看似無情的薄唇，輕輕掠過了君懷憂的頭髮，然後是閉著的眉眼，蒼白的面頰，最後落到了微有血色的唇上。

如蝶翼輕擦過花瓣，那是一個輕拂而過的吻，甚至只是微微地碰觸了一下對方的唇瓣。

「懷憂。」他抬起頭，眼中閃過異樣的光華。「我已經決定了，你是我的，只會是我一個人的。」

君離塵一直坐在那裡，直到快要日落才離開。

他一離開，君懷憂就醒了。

說「醒了」也不確切，應該說君懷憂睜開眼睛，坐了起來，直直地望著君離塵離去時關上的那道門。

他臉上的神色，只能用不知所措來形容。

他聽到了。

就在即將睡著的那一刻，他聽見了君離塵那些令人不敢置信的話。

如果換成別人，他只會覺得那是個玩笑，但說這些話的人是君離塵。

那一刻他睡意全消，驚駭莫名，在君離塵低頭輕吻他的瞬間，他只覺得心臟都要跳了出來。

他沒辦法睜開眼睛，也沒辦法說話，只能裝作已經沉睡的樣子。

他根本不敢面對君離塵。

君離塵所說的和所做的，只代表了一個意思。君離塵根本就不是和他一樣，對對方懷著兄弟之情。而是把他看作可以「一生一世，不棄不離」的對象。

一生一世，不棄不離？

這八個字，他記得。那是前幾天夜裡，君離塵病了，他留在身邊照顧他。君離塵纏著他問，要是他遇到了足以傾心相愛的那人，會怎樣？

當時他給的答案，就是這八個字。

一生一世，不棄不離。

可是，什麼是傾心相愛的人？什麼是一生一世，不棄不離？那是愛人，是伴侶，不管怎麼想，都不會是兄弟。

君離塵和君懷憂，不但同為男子，還是血濃於水的兄弟。怎麼可以……君離塵怎麼可以有這種念頭？

他躺在君離塵腿上，面上雖聲色未動，但心裡千折百轉，不知亂成什麼樣子。

是什麼讓君離塵有了這樣的想法？相識至今，哪裡有令君離塵動了情念的可能？

是，他是和君離塵極為親近，但表露的都只是兄弟之情。何況一開始，君離塵根本不樂意見到他。君離塵的薄情著實讓他感到有些挫敗，哪怕是後來，也是他纏著君離塵的時候更多。而且一直以來，君離塵都是一副想要利用他的樣子。

想來想去，竟找不到任何一絲跡象。

難道，君離塵在捉弄自己？

不，不可能。

剛才他的眼睛雖然閉著，但能夠感覺到君離塵說這些話的時候絕不是在開玩笑。

那些話聽起來孤傲、陰冷、不達目的誓不甘休，完全就是君離塵最初給他的印象。那種寧願我負天下人，不教天下人負我的模樣……想到這裡，君懷憂忍不住打了個寒顫。

這段短短的幾個小時，竟是他有生以來所度過的最漫長難熬的時光。知道君離塵在看著他，他只能閉著眼睛佯裝熟睡，他根本不知道該怎麼面對這一切。

要說睜開眼睛質問君離塵?他連想都沒有想過。問了只會更糟，那只會讓一切陷入無法挽回的僵局，他如此篤信著。是什麼讓君離塵違背倫理，愛上了自己的兄長？

「愛」，一想到這個字，君懷憂忍不住渾身一顫。

這是不對的，怎麼可以⋯⋯

「大哥。」突然有人推開他的房門。

君懷憂猶如驚弓之鳥，一直退到了牆邊。

南柯奇譚
NAN KE
QI TAN
第二章

「大哥。」那人背著月光，又喊了一聲。

「莫舞？」直到第二聲，君懷憂才認出這個有些沙啞的聲音是屬於君莫舞而不是君離塵。

「是我，我想和大哥談談，可以嗎？」

君懷憂如今腦子裡一片混亂，根本不想談什麼話，可想到了君莫舞這兩天的反常，他還是強迫自己把那團亂麻先放到一邊。

他定了定神，下床走到桌邊點燈。

「大哥，先別。」君莫舞攔住他。

「怎麼了？」他如今精神緊張，立即神經質地拋開打火石，彷彿這房間裡滿是易燃物品一樣。

「沒什麼，我只是想就這樣和大哥談談。」君莫舞被他拔高的聲調嚇了一跳。「大哥，你沒事吧？」

「沒事沒事。」真要沒事才奇怪，他今晚八成已經被君離塵嚇出病來了。

「不點燈也沒關係，你坐吧。」

還好有些月光，勉強能看到屋裡的擺設和對方的動作。

君懷憂看著君莫舞坐到桌邊，才跟著坐了下去。

「你想和我談什麼？」他為自己倒了杯涼茶，想穩定一下受驚的情緒。

「大哥。」君莫舞半晌才開了口，「你是怎麼看待斷袖之癖的？」

「噗——」

君懷憂嘴裡的茶噴了出去，幸好君莫舞不是坐在他對面，不然一定被他噴了一臉。

「大哥？」君莫舞被他這麼大的反應嚇了一跳，一時僵在那裡。

「你說、說……說什麼？」君懷憂擦了擦嘴巴，結結巴巴地問，想證實自己是不是聽錯了。

一定是幻聽，一定是。

一定是心裡一直胡思亂想，才誤以為君莫舞在問「斷袖之癖」什麼的。

「我是問，大哥你是怎麼看待斷袖之癖的？」君莫舞沉下聲，再問了一遍。

「斷斷斷斷斷……」

難道君莫舞知道了什麼？

他是聽見了？看見了？還是猜到了？

「為什麼要問斷……什麼的？」

他發現自己連說出這個詞的勇氣都沒有。

「我想知道大哥的看法。」

聽出君莫舞的聲音裡摻雜著複雜的情緒，君懷憂突然意識到，君莫舞並不是知道了什麼。

「我的看法……」他定了定神，盡可能公允地說，「這事自古就有，如今也不少見，但我聽說士族中有為了新奇之感而豢養少年，坊間更是有以此為樂的地方，多數人大抵只是為了嘗鮮，不過，確實有一些人天生便喜歡同性……」

「大哥的意思，是男子和男子之間，沒有真情嗎？」

「我不是這個意思，每個人對待情感的態度都不一樣，怎麼能一概而論呢？我相信，總也有人付出了真情，不過……」君懷憂長長地嘆了口氣。「兩個男子一起走到最後，想必是極難實現的。」

「大哥說得矛盾，你是相信還是不信呢？」

「我信卻又不信。」君懷憂低下頭，連自己也不知道自己在說些什麼。「違背倫常的愛要付出多大的勇氣？如果傾盡所有卻得不到回報，一定會非常痛苦……」

「大哥，如果，我是說如果，有一個男子，口口聲聲說他愛你，你卻無法肯定，甚至無法判斷那是不是真的，你會怎麼辦？」

「我會問我自己，究竟愛不愛他？」他幾乎是喃喃自語地說道，「我究竟愛不愛他？」

答。

「若是……自己也不知道呢？」

君懷憂站了起來，走到窗邊，抬頭遠遠望著天邊月色，許久都沒有回

「大哥……」

「逃吧，莫舞。」君懷憂背對著他，輕聲說了一句。

「逃？」君莫舞一愣。

「不知他愛不愛我，也不知道我愛不愛他，我不願意傷害他，也不希望傷害自己。可這種愛只能是一柄雙刃劍，傷了他，也會傷了我。那不如離開，離得遠遠的，在還未開始之前就將它結束，這是最好的辦法。」

「逃得掉嗎？」

「不能枉顧真心又不能看破世俗，不逃又怎麼辦呢？」君懷憂又嘆氣，「在無法逾越的世俗之中，又如何兩者兼顧？如果拒絕不了，還不如遠遠地避開，等時間長了，感情自然就淡了。」

「是嗎？」君莫舞低下頭。

「莫舞，我們回去吧。」

君莫舞抬起頭來，看見兄長唇邊的苦笑。

「我們回青田，離開這裡，馬上就走。」君懷憂按著自己的額角，萬般無奈地說，「事到如今，也只能這樣了。」

在還沒有開始之前就將之結束，這才是最好的安排。對每一個人，都是最好的。

「走了？妳說走了是什麼意思？」

「公子在清晨時分，帶著家眷離開了上京。」喜薇垮著臉。「這信是君家管事剛剛送來的，想來是算好大人回來的時間。」

君離塵的臉色陰沉下來，伸手接過信拆開封口，動作之粗魯讓一旁的喜薇小小地害怕了一下。

「急事？君家能有什麼急事？」一眼掃完那寥寥幾行的寄語，不外乎是家中急事，匆忙離別的字句。

「走得這麼急，倒像有什麼事的樣子。」喜薇安慰他，「公子這個時候派人送信過來，人大概已經出了上京地界，應該是不想讓大人留他，若不是急事也不至於此。」

「不想讓我留他？」君離塵的心往下一落。「他怎麼敢？」

「屬下覺得如今最要緊的，還是先打聽清楚君家到底出了什麼事才好。」

「不一定是出了什麼事。」君離塵似乎想到了什麼，臉色稍稍和緩下來。「可能是為了君莫舞。」

「那大人是想……」

「最近我有太多事要處理，無暇離開上京，妳快馬追上他，留在左右。」

君離塵終於恢復平時的冷靜，有條不紊地安排。「打探清楚，不論任何事都要報給我知道。」

「好，屬下這就去追公子。」

「等一下。」他喊住喜薇。「妳要好好看著，我不希望有人和他過於親近，任何人都不行，知道了嗎？」

「屬下知道。」

「我說的『任何人』，也包括妳，不許和他太過親近。」

「啊？」喜薇茫然地看著他。

「特別是他那兩個妾室，明白了嗎？」君離塵勾起嘴角，「在他回到我身邊之前，好好地替我看顧好他，不然的話……別忘了妳要的東西還在我手上。」

「屬下片刻都不敢忘記，我對大人一片忠誠，惟天可表。」喜薇笑吟吟地行禮，退了下去。

等她離開後，君離塵的臉色越發陰沉。

所有人都不可以相信，所有人都別有目的才留在他的身邊，除了……君懷憂。

他居然不聲不響就跑了，居然不想讓他有機會阻攔？

君懷憂，你好大的膽子。

一甩手，君離塵掃落了桌上的茶盞玉壺，看著它們清脆地碎成一地。

終有一日，等你回到我的身邊，我會讓你知道逃跑是多麼愚蠢的念頭。

我說過，沒有什麼東西能夠逃出我的掌握，你也一樣。

你自己招惹了我，卻又轉身一走了之。

你以為你逃得掉嗎？想都別想。

除了這天下，你也是我的，我一定會得到的。

「不——」君懷憂翻身坐起，又是一身冷汗。

「公子，又做惡夢了？」喜薇立刻出現在門邊，關切地問道。

「不，沒什麼。」他舉起衣袖，擦了擦汗。「只是做夢。」

「要我去煮點定驚茶嗎？」喜薇走過來為他披上外袍。

「不用了。」他從躺椅上坐了起來，走到書桌邊，這才發現天色已經大亮。「我睡了多久？妳怎麼不叫醒我？」

「不過兩個多時辰。」喜薇皺起眉頭。「您已經兩三天沒有好好休息了。這些帳也不是一天兩天能看完，不如回房休息一下，剩下的過會再看吧。」

「不礙事，我離開這麼久，積壓太多事情。何況莫舞最近心緒不寧，我也不想他再為這些操心。」

「聽公子這麼說，難不成是出了什麼事？」

「兩個月前，我們和扶桑交易的商船從海上失蹤，那是我們第一次嘗試和扶桑交易，船上有不少貴重貨物，如果真的出了事或有什麼意外的話，我們的損失十分可觀。」

「會損失多少？」

「折合黃金大約五千兩。」君懷憂揉著眉心，「損失財物倒也算了，大不了過段時間我們再派船過去，只是對那些雇工家屬實在不好交待。」

「怪不得從上京回來才半個月，您就累成這樣。」

「半個月了啊。」離開上京，已經是那麼久之前的事了嗎？「離塵他……」

回頭看見喜薇瞪著貓眼，正饒有興趣地望著自己，君懷憂急忙輕咳了一聲，舉起茶盞掩飾。

不知離塵他……有沒有生氣？

他前腳剛離開上京，喜薇隨後就追了過來，除了說是君離塵吩咐她跟著照顧自己，就一直沒說過其他，所以他也不方便隨便探問。但這個問題既不能吞也不能吐，總是哽在他的心裡，讓他十分難受。

「公子，您可要好好好好地照顧自己啊。」喜薇低頭整理著桌面，像是不經意地說道，「要是您累壞了，君大人可捨不得呢。」

君懷憂一驚，手裡端著的茶差點潑了出來。

「怎麼會呢，妳別胡說。」他心慌意亂地說，「離塵，不，君大人是我的兄弟，關心我那是很正常的。」

「我就是這個意思啊。公子，你的臉怎麼這麼紅？屋裡很熱嗎？」

「沒有。」他急忙把臉側到一邊。「我這裡沒什麼事了，妳去忙妳的吧。」

「好吧，那公子要注意休息，別太操勞了。」喜薇行禮走了出去。

君懷憂捂著自己燒紅的臉，愣在那裡。

他只是不小心想到那一晚，君離塵的那個吻。

接下來的時間裡，他再也沒辦法定下心來做事。

「大少爺，不好了！」正當他對著桌子發呆的時候，又有人跑了進來。

「不見了！人不見了！」

「怎麼說話沒頭沒腦的，誰不見了？」他有些心煩地擱下筆。

「是三少爺房裡的寶姨娘還有清遠少爺不見了。」過來報信的管家喘著氣回答，「您快過去看看吧。」

「興許是寶雲帶著孩子出門了，有好好找過了嗎？」他按了按額角。

「寶姨娘留了封信，三少爺看了以後一直呆坐在房裡，我想可能是出事了，才過來稟告大少爺的。」管家知道他近日正煩心，說話有些吞吞吐吐。

「真是……壞事都湊在一起了。」這才過了多久，自己平靜的生活怎麼突然之間風雲色變？「你先安排人手出去附近問問，看有沒有人見過他們，三少爺那裡我會過去看看。」

他看看手邊那些令人頭痛的清單帳冊，還是忍不住嘆了口氣。

君懷憂匆匆趕到君莫舞屋裡的時候，看到一堆人在門口轉來轉去。

「爹。」君清遙第一個看見他。「你來啦。」

他點點頭，輕聲問道：「到底是出什麼事？」

「按情形看，像是三少爺的小妾留書出走。」舉手回答的是哪裡有熱鬧就一定會出現的喜薇。

「寶雲她為什麼要出走？」他皺起眉頭。

到底出了什麼事，讓一個剛剛生下孩子的柔弱女子，帶著孩子一走了之？

「這誰知道啊？」君憐秋翻了個白眼。

「寶雲她最近幾天心神不寧，我沒想到……」

「好了明珠，又不關妳什麼事，妳哭什麼啊？」宋怡琳一把拉過扯著衣角流眼淚的君明珠。「我看八成是三少爺欺負她，她才出走的。」

「相公，你看這可怎麼辦啊？寶雲一個婦道人家，還帶了一個小嬰兒，能上哪去？」周素言皺著眉頭。

她們搶著說話，你一言我一語，聽得君懷憂頭昏腦脹，他正要開口的時候，門「吱呀」一聲打開了。

眾人各自維持著自己的表情，愣愣地看著出現在門口的君家三少爺。

「莫舞。」看見君莫舞這兩天剛剛放開的眉頭又皺了起來，君懷憂擔心地問，「究竟是怎麼回事？」

「大哥，我正想和你談談。」君莫舞帶著倦色淡淡地說。

「也好。」君懷憂環視一眼，女眷們識趣地散了。

君莫舞率先往花園走去，君懷憂跟了上去。

「大哥，別讓人去找了，讓他們回來吧。」君莫舞坐在池塘邊的涼亭裡，木然地說著。

「你說什麼？」君懷憂呆住了。

「她說她不願意繼續留在君家，而且也帶了足夠的銀兩，不必擔心她的去向。」波光粼粼之中，他看不清君莫舞的表情。

「她這樣做是不對的，再怎麼說清遠也是你的孩子，她有什麼理由……」

「大哥。」君莫舞打斷了他，「清遠不是我的兒子。」

「什麼？」君懷憂愣在那裡。

「我結識寶雲的時候，她已經有了身孕，清遠不是不足月，而是足月生下來的。」君莫舞嘆了口氣，「寶雲她被人騙了，投河時被我救起，我為了幫她，才撒謊說她是和我私奔的。」

「那清遠的父親……」

「那個人才是真正和寶雲私奔的人，他捲走了寶雲的財物遠走高飛，也不知道去了哪裡。」

「那你娶她只是為了幫她？」

「女子未婚生子，不能為世理所容，何況寶雲雖然恨那個男人，卻希望能生下這個孩子。」

「那麼說，你和寶雲根本不是夫妻？」他驚愕地消化著這個奇怪的事實。

「我對寶雲只有兄妹之情，並無其他。雖然同房，但我們一直恪守禮數，沒有逾越。」

「就算是這樣。」君懷憂不解地問，「哪怕是說明白了，我們也不會為難她，就當她和我們家有緣，她和孩子也沒必要離開君家啊。」

「她是為了我。」君莫舞閉上眼睛。「她是個聰明的女人，卻也很傻。」

君懷憂心思轉過，終於明白了七七八八。

「如果你確定她生活無虞的話，那麼我們就不把她接回來了。」

「大哥？」君莫舞愕然地望著他，提出不要去找的雖然是他，但聽到君懷憂這麼說還是令他吃了一驚。

大哥的為人他很清楚，這種事，他原以為大哥不會贊成。

「莫舞，我明白你的苦處，也明白對你來說她離開才是好事。既然你一直以禮待她，又不想和她成為真正的夫妻，那麼她離開得正是時候。」君懷憂輕嘆了口氣，「我看得出來，你的心裡早已有了別人。她之所以離開，想必也是知道了這點。這樣一來，對你對她都不算壞事，你不必覺得歉疚，你對她始終是有恩的。」

「不知為何，我雖然知道是這樣，」君莫舞苦澀一笑，「可我心裡總覺得對不起她。」

「別擔心，我們不明著找她，但暗地裡總能照顧到她的。」

「大哥的意思是……」

「年輕漂亮的女子帶著嬰兒，又能走得多遠？藏身多久？我們君家還算是有些財力人脈，要找個人不是什麼難事。」君懷憂拍拍君莫舞的肩膀。「她想和君家斷絕關係，那就由著她吧。她雖然去了外面生活，我們依舊把她當作家人不就好了？除了情感，你能給她的其實還有很多。」

「大哥……」

「別太死心眼了，莫舞。人心無法勉強，一廂情願地要求別人和自己想法相同，那只會讓你困在死胡同裡走不出來。」君懷憂站了起來，想到自己要面對的問題，不覺心頭發沉。「為什麼君家的人都這麼固執……」

君離塵啊君離塵，你知不知道我有多麼地困擾。

「大哥。」君莫舞突然若有所思地看著他的背影。「大哥，你其實……除了留在君家，也有自己想去的地方吧。」

「這個啊，」君懷憂轉過身來，微笑著反問，「莫舞，如果我說我不是你的大哥，而是另一個你完全不認識的陌生人，你會如何呢？」

「怎麼能說是陌生人呢？」君莫舞先是一愣，接著也笑了起來，這是這麼多天以來，君懷憂第一次看見他笑，「不論你是誰，既然來了君家成為我的大哥，那麼這一輩子就都是我的親人。」

君懷憂轉過頭，眼睛微微地發酸。

「大哥。」君莫舞站在他的身後，「君家能有你在，是我們所有人的福氣。」

君懷憂深深地吸了口氣，轉身抱住了他。

「大哥？」君莫舞被他突如其來的動作嚇到了。

「別動。」君懷憂抱著君莫舞，聲音沙啞地說道，「你說得這麼肉麻，我都要站不穩了，讓我抱一下。」

君莫舞笑著放鬆了下來，順便安撫似地拍了拍自家兄長的後背。

南柯奇譚
NAN KE
QI TAN
第三章

寶雲母子留書出走的事情就此告一段落，君莫舞的心情也慢慢恢復過來。君懷憂終於有空能躺在陰涼的葡萄架下，喝著冰鎮甜品，過上久違的悠閒時光。

涼風習習，就連那些煩人的事情，也在這一刻變得不真實起來。

君懷憂正這麼想著，耳中忽然聽到不遠處傳來了瓷器碎裂的聲響。接著隔了很遠，便傳來慌亂的喊叫聲。

「爹！」

聽到君清遙的聲音由遠及近，他只能睜開眼睛，起身迎接兒子跌跌撞撞的身影。

「出了什麼事？」君清遙神色凝重，讓他也有些緊張起來。

「爹。」君清遙急切地說，「三叔他……三叔……您還是出去看看吧。」

「莫舞？」君懷憂站了起來，驚訝地問，「他怎麼了？」

「剛才門外來了馬車，來的是那個姓韓的右丞相。」

「韓赤葉？」君懷憂瞪大了眼睛，「他來青田了？」

也顧不得再問什麼，他立刻站了起來，大步往前院走去。

「還有……」在他身後，追之不及的君清遙站在那裡嘀嘀咕咕，「爹怎麼不把話聽完呢？我還沒說，那個二叔也來了啊。」

僕人們正在打掃地上的瓷器碎片，而君莫舞和韓赤葉都不見人影，坐在廳裡的只有……便裝打扮的君離塵？

君懷憂一隻腳跨進大門便看到他，恨不得立刻轉身就跑，但僅存的理智告訴他，跑是不能跑的，跑了也沒用。他在門口猶豫了一會，最後還是忍住緊張，僵硬地走了過去。

「離塵？你……怎麼來了？」毫無心理準備地看到君離塵，對他來說實在是不小的驚嚇。

「怎麼了？大哥似乎不想見到我。」君離塵直直地望著他，語氣裡聽不出是調侃還是真的不滿。

「不，怎麼會呢？這是你家，你回來我當然很高興。」君懷憂努力克制著自己的情緒。

「離別數月，不知大哥可曾偶爾想起千里之外的我呢？我可是時常想到大哥你啊，想得覺也睡不著。」君離塵坐在主位的雕花扶手椅上，笑容帶著幾分邪曲幾分曖昧。而原本只是一句簡單表示親近的話，被他這麼一說，簡直就……至少在君懷憂聽來，完全不是什麼正經意思。

君離塵生得俊美，可久居上位總帶著幾分迫人的威勢，他平日裡不笑還好，一笑起來完全是另一副招人的模樣，惹得廳裡伺候的丫鬟們個個臉紅心跳。

「當……當然。」君懷憂也心跳得很快，不過是因為過於緊張。「你是我二弟，我當然是時常會想起你的。」

「真的嗎？」君離塵又笑了。「真是不枉我千里迢迢趕來探望你。」

君懷憂完全不敢正視他，就好像自己做了什麼虧心事一般。

「咳咳。」在心裡唾棄自己之後，他輕咳了幾聲，試著轉移話題。「你怎麼有空過來，我是說朝中事務繁忙，你怎麼有閒暇時間？」

「大哥難道忘了，過幾天就是我們父親的忌日。我多年未曾回來祭拜過他，最近事務稍停，我就抽身趕了回來。」君離塵扭頭看著通往後院的另一條走廊。「何況有韓大人作陪，我也更是能安心。」

對了，韓赤葉。

君懷憂這才想起自己會一路跑過來，正是聽說韓赤葉來了。

「韓大人和莫舞呢？」他亡羊補牢地問道，還四下觀望著能一眼望盡的大廳。

「大哥，他們小別重逢，一定有許多話要說，我看大哥還是不要去打擾他們了。」

君懷憂往後退了幾步，頭皮一陣陣地發麻。

「大哥，你不要誤會。」君離塵站了起來，走近他，「我可沒有邀請韓大人與我同行，是他自己過來求我的。我認識韓大人少說也有五六年了，這可是第一次看見他放下身段來求我什麼事。雖然他這個人一向能屈能伸，但這還是太讓人吃驚了，看來我們家三弟的魅力不容小覷啊。」

最後那一句，君離塵刻意壓低嗓子，靠近他說，像是特意說給他一個人聽似的。君懷憂一愣，正想再說什麼，猛然發現君離塵那雙桃花眼近在眼前，近到甚至能看清他雖不捲翹，但精緻纖長的睫毛。

他不由又退了一步，腦中一片空白。

「怎麼了，大哥突然變了臉色，是不舒服嗎？」君離塵一把拉住他的手腕，不讓他後退，整個人又靠了過來。「大哥身體孱弱，這麼熱的天氣，可要注意休養啊。」

「我沒事。」君懷憂反應過度地掙開他。

氣氛一時有些僵硬。

「沒事就好。」君離塵收回停半空中的手，臉上的笑容卻陰沉起來。

君懷憂暗叫糟糕，同時為自己的反應大感懊惱。

「你一路風塵僕僕，想必已經累了，不如先回房休息一下吧。」他小心翼翼地問，「至少先梳洗一下，好嗎？」

「也好，那就有勞大哥了。」

「怎麼會？是自家……兄弟嘛。」鬆了口氣的君懷憂急急忙忙收住自己因為一時忘形，正要拍向君離塵肩頭的手掌。「我這就叫人準備。」

一定要把這種愛與人親近的毛病改掉。

君離塵望著他迅速轉身的動作，眼裡蒙上一層晦暗。

看來他真的知道什麼了，否則以他的習慣，怎麼會這麼排斥與自己親近？

想到君懷憂掙開自己時那種震驚的表情，君離塵的心裡又湧現一股怒氣。

天知道他花了多大的力氣才壓抑住心頭的怒火，擺出毫不在意的表情，而不是一把抓住君懷憂，質問他為什麼一聲不響地逃離自己身邊。

不過，也不急。

反正這一回，他也沒別的地方可以逃跑了。

按照青田的習俗，適逢家中長輩忌日，家中長子應守墓追思三日。君家父母的墓地在不遠的牧青山上，歷年每逢忌日，都是長子君懷憂上山守墓。

往年君懷憂最怕這個苦差事，夏末時節山上蟲蟻橫行，總是讓他飽受其苦。但今年他格外勤快地收拾好東西，一大早就出門，早早地上了山。

都是因為君離塵。

情況已經糟糕到君懷憂每想起這個名字，就要大嘆一聲。而他每天至少要想起這個名字十幾遍，所以他每天至少都要嘆十幾聲。

他無數次想把這件事拋諸腦後，偏偏這個人不停地在他眼前晃來晃去，讓他想要忘記也難。

所以今天一大早，他就帶著包袱，躲到山上去了。

想在這裡躲上十天半個月，等下山的時候，君離塵應該已經回到上京。他心裡十分篤定，所以當看見站在小屋外的君離塵時，他頓時就慌了。

「你怎麼會來這裡？」他抓著門框，想立刻把門甩上拴好。「你來這裡做什麼？」

相較於他的驚慌失措，君離塵就沉穩多了。

「上山守孝啊。」君離塵走了進來，把站在門口的君懷憂推到一邊，將手裡簡單的行李扔在桌上。

「可是，你不是長子……這不合規矩。」君懷憂愣在一旁，看著他在屋子裡一番巡視。

「我差人去鄉里找過那些長輩，告訴他們我感念父親去世前未在跟前服侍，多年來也沒有空閒回鄉祭祖。因此想和大哥你一同在山上守孝一段時日，聊表孝心。」君離塵坐在屋裡唯一的一張床上。「他們大為感動，說這份孝心感動天地，立刻就同意了。」

君懷憂頓時在心裡罵自己傻，沒想到居然會有這種事。以君離塵的身分，有哪個人敢隨隨便便違逆他的意思，更何況是那些曾經錯待過他的長輩，怕他報復都來不及了，哪還有心思敢反對，就算今天他提出挖墳鞭屍……呸呸呸，這是在胡思亂想什麼呢。

君離塵坐在那裡，這簡陋的小屋在君懷憂眼裡立刻變得更加狹小局促，他忍不住皺起眉頭。

「大哥，你好似很不願意看見我？」君離塵目光鋒利，又咄咄逼人起來。

「我是做錯了什麼事，讓大哥你如此厭煩我？」

「當然沒有。」君懷憂用手揉了一把臉頰，強迫自己振作起來。「我沒有討厭你，你也沒有做錯事，只是你放下大事回來青田，讓我很……吃驚。」

「若你說的『大事』是指那些朝廷政事，那絕對不會有做完的一天。況且只要韓赤葉不在，朝中就不會有超出我預料的事情發生，如果他留在上京，我恐怕也是不能離開的。」君離塵看他的目光變得很奇怪。「他和君莫舞的事，你知道了嗎？」

「什麼？」君懷憂的心突然一跳，裝作鎮定地反問，「什麼事？」

「大哥何必裝傻？」君離塵瞇眼微笑。「我倒是沒想到，君莫舞和他之間會是那種關係。」

他這笑容似乎別有深意，讓君懷憂頓時十分緊張。

「莫舞是個有主見的人。」他勉強地笑著，「他的私事，我們就不要干涉了。」

「大哥在擔心什麼？」看見他這樣，君離塵加深笑意。「你覺得我想做什麼？」

「大家都是兄弟，你……別為難莫舞……」

「為難他？我哪會為難他？大哥在想什麼呢。」

君懷憂心裡一陣發涼，他很清楚君離塵能夠坐穩今天的位置，絕對不是心慈手軟、顧念親情的人。

「大哥，你這是什麼表情？」君離塵站起來，朝他走了過來。「你到底是怎麼看我的？你不是說過了，不論我做什麼決定，你都會支援我。但你現在這樣子，好像不是那麼回事啊。」

「不，我只是沒有想到……」君懷憂不由得向後退去，倚靠在了門框上，有些語無倫次地說道，「我沒想到，你始終都是君大人，而不是我以為的君離塵。我心目中的離塵不應該如此殘忍。如果你傷害了莫舞，我絕對不能接受……」

「殘忍？大哥你太不瞭解這個世道了，在這世上，強者方能生存，我所作所為不過是為了能夠更自在地活著，如果換成韓赤葉站在我今天的立場，你以為他會因為什麼骨肉親情，平白無故放過這大好機會？」君離塵在笑，笑意卻未達眼底。「從我當年決定走上這條路開始，就有捨棄一切的覺悟。

只有心中毫無負累，才不會有任何弱點。」

「原來，在你眼裡所有人都是負累。」君懷憂扯動嘴角，卻怎麼也笑不出來。「我之前的一廂情願……如今在君大人看來，應該是個笑話吧。」

「不是。」君離塵打斷他。

君懷憂抬頭，看見君離塵泛著幽暗之色的眼睛。

「你不一樣，和他們不一樣。」君離塵靠了過來，手撐在門上，把君懷憂困在雙臂之間。「我對你……」

「住嘴。」君懷憂伸出手，捂住了君離塵的嘴。「不要再說了。」

兩人莫名地僵持對視著，最終還是君懷憂先移開了視線。

「天色還早，我讓人再鋪一張床。」他推開君離塵的手臂，生硬地說，「其他的事，我們以後再談。」

「你知道了對不對?那天你是醒著的，對嗎?」

「我什麼都不知道，也不知道你現在到底在說些什麼。」君懷憂斷然地回答，「要是你心裡還有一點把我當成大哥的情分，就別再說了。」

說完他轉頭就走，也顧不上君離塵會有什麼反應，也根本不敢去看，不敢去想。

半夜，君離塵突然睜開眼睛，不知從何而來的不安促使他轉身去看君懷憂。

沒人？君懷憂不見了？

他猛地坐了起來，走到君懷憂的床邊。

君懷憂和自己一同睡下，現在離天亮至少還有兩個時辰，他沒理由這麼早起床。看樣子，他離開好一陣了，難道是……君離塵冷著臉抓過外袍，迅速往屋外跑去。

屋外，月光映著林木，一片森冷淒清。

一直走到岔路，君離塵才停下腳步。

他剛才一時心急，以為君懷憂不告而別，卻沒有仔細探究君懷憂半夜離開是什麼意思。這時他心裡稍微平靜，便停下了腳步。

君懷憂不可能深夜獨自下山。

「唉——」

一聲微不可聞的嘆息隨著風聲傳進他的耳中，他遲疑了一會，便往右邊的小徑走去。不過片刻，他就看見了君懷憂。

君懷憂在一片空地上慢慢地踱步，他一時無法決定要不要上前，但看著被月光映照出的憂鬱眉目，他的心一路往下沉，一直沉到了沒有盡頭的黑暗之中。

「我真的讓你這麼難過？」

君懷憂一驚之下回過頭，正好對上君離塵深沉莫測的神色。

「離塵……這麼晚了，你還不睡？」他微微垂下眼簾，不願意面對君離塵幾乎是帶著怨懟的神情。

「你又為什麼不睡?」君離塵走了過來。

「我……」

「如果真的像你所說的那樣，你又在害怕什麼?」

「我……」

「你看著我。」君離塵一把托住他的下巴，強迫他抬起頭來。

君懷憂驚愕地看著他，想要退後卻發現自己無法動彈。

因為君離塵烏黑清冽的眼睛裡，混雜著太多痛苦迷茫，以及……祈求。

說什麼「天下王」，眼前這個似乎為情所困的男人，還是當初那個擲碎玉盞，對自己說出「不如寧為玉碎」，狠毒無情的君離塵嗎?這個一聲令下，便足以天翻地覆的人，怎麼會為了情愛而鬱鬱寡歡呢?

「你看著我再說一遍，說你什麼都不知道，說啊。」

「我究竟做了什麼，才讓你對我產生那樣的想法?」這是他始終想不通的事情。自己究竟做了什麼，才會讓這樣的男人逾越了性別倫理愛上自己?

「你做了什麼？」君離塵垂下眼簾。「你做了許多……許許多多從來沒有人為我做過的事，說了許許多多從來沒有人對我說過的話。」

「那是因為你是我的兄弟，以前君家虧待了你，我只是想做些補償。」

君懷憂抬高下顎，從他的手掌中脫離出來。

「兄弟？」君離塵冷哼一聲，「我想要的不是兄弟，而是你，君懷憂。」

「可是對我來說，你只是兄弟。」

「我不是。」君離塵一把抓住他的肩膀，「我姓君，僅僅是為了『君臨天下』，而不是『青田君家』。那些『君家人』對我而言不過是陌生人，甚至殺了他們也不值得惋惜。要不是為了你，我怎麼會自貶身分，來為這些無用的祖先守墳？」

「不值得。」君懷憂慌張地看著他，「你位高權重，年輕英偉，想要什麼樣的名門閨秀、絕世佳人會沒有呢？我只不過是一個早年喪妻的鰥夫，不但是你的血親，還是個男人。」

「我不要其他人，其他任何的女人和男人我都不要，我要的只有君懷憂，不論你是男是女，是美是醜，只有你……」

「只有我？你又知道我是誰？」君懷憂看著他的眼睛，別有深意地說，「你根本就不知道自己說了什麼，你只是因為寂寞，才會有這樣的錯覺。就像你對太后那樣，等你清醒一定會後悔……」

「你根本就不明白！」君離塵勃然大怒。「別和我提太后，她不過是一枚棋子，那種愚蠢貪婪只知索取的女人怎麼能和你相比！」

「那你要我怎麼辦？罔顧一切委身於你？」君懷憂根本無法和他溝通。「難道你不明白，就算你再怎麼做，也不能勉強我的心。」

「你必須與我一樣，除了我之外，你不能屬於任何人。」

「笑話。」君懷憂掙開他，「我有家有室，怎麼會和自己的弟弟糾纏不清？」

「家室？什麼家室？」

「我有子有妾，這些難道不算家室？」

「是嗎？」君離塵垂下手，卻是笑了。

君懷憂被他的笑容擾亂了強裝的鎮定。

「你以為，你有什麼家室？那些女人，還真是什麼妾室？」

「你說什麼？」

「你不會真以為君家遠離上京，就能與我脫離關係吧。」

「這是什麼意思？」君懷憂臉色一變。

「宋怡琳是我的手下，九年前我讓她潛入君家充當耳目，她不是你的妾室，只是我一個小小的探子。」

「什麼？」君懷憂猛然退了一步。

「至於那個周素言，八成是韓赤葉的細作，我安排眼線的手段，也算跟他學的。」

「這……怎麼可能……」這兩個讓人震驚的消息，君懷憂一時無法接受。

「不然的話，這麼礙眼的位置，我會讓人占著嗎？但你儘管放心，只要我想，她們就會消失得乾乾淨淨，就像從來沒有存在過一樣。」

君懷憂又退了一步，臉色發白。

這些人究竟在想些什麼？居然這麼肆意地掌控著別人的生活，這麼無情地左右著別人的人生？

「太過分了。」君懷憂幾乎是咬牙切齒地說。

「我也是逼不得已，一子錯，滿盤皆落索，我不想敗也不能敗。坐在我這個位置上，就算顧慮周全，也難保萬無一失。君家關係到我的過去，我不能讓人找到攻擊我的把柄，安排一個小小的眼線有什麼好奇怪？」

「是，不奇怪，一點也不奇怪。」這回，輪到君懷憂苦笑了。「我只是沒有想到，身邊親近的人，居然是這樣的身分。」

「你應該知道，沒有什麼能夠阻礙得了我。」

「我到底有什麼特別，能得到你這麼深的眷顧？」君懷憂冷冷地望著他。

「話說到這裡，我還是要再提醒你一次，也許整個天下你都唾手可得，可惜我的心，你拿不走。我們只是兄弟，除此之外再無其他。」

「君懷憂，我也可以告訴你。」君離塵一樣毫不退縮地看著他的眼睛，「我想要的，一樣也逃不掉。」

南柯奇譚
NAN KE QI TAN
第四章

兩人幾乎是怒目而視。

「懷憂。」突然之間，君離塵軟化了態度，「為什麼要這樣呢？除了這樣對我，你能不能為我考慮？你不知道，你的喜怒哀樂對我有多大的影響，看到你厭煩我、躲著我，我的心裡……再這樣下去，終有一天我會因你而賠上一切，你真的忍心嗎？」

面對冷酷的君離塵，君懷憂可以冷眼以對，但面對這樣的君離塵，他卻沒辦法硬起心腸。再怎麼說，他也是因為寂寞孤獨太久，才會生出那樣荒唐的念頭。

看見君懷憂的面色和緩下來，君離塵又慢慢靠了過來。

「我沒有厭煩你，我只是……不知道該怎麼面對才好……」君懷憂側過臉，心裡簡直一團亂麻。

君離塵把頭靠到他的肩上，他停下了說話，也不知該推還是該退。

「沒有了你，我該怎麼辦？」君離塵在他耳邊輕輕說著，「這麼多年來，只有你對我這麼好，我不想失去你。」

君懷憂的心終究還是軟了。

「離塵。」他轉過頭，君離塵烏黑的眼睛正一眨不眨地盯著他，讓他一時忘了要說些什麼。

「懷憂。」君離塵伸出手，穿過他耳後的長髮，慢慢地湊近，然後低頭吻上了他的唇瓣。

兩人之間的距離那麼近，君離塵說吻就吻了過來，君懷憂根本來不及閃躲，甚至直到被君離塵摟進懷裡也沒能做出反應。

或者應該說，他被嚇到了。畢竟活了將近三十幾年，這是他第一次與男人接吻。

但更令他茫然的，是這個吻的本身。

在他情竇初開的時候，也曾經和別人有過青澀的初吻，但這樣珍而重之的親吻，卻是從未體驗過的。

唇與唇的廝磨，充滿了無法言說的豐沛情感，君離塵就像是把他當成易碎的寶物般，那麼珍惜，那麼珍愛，令他忘記了自己的堅持，忘記了這是不應該發生的事，直到這個吻結束之前，都只是呆呆地愣在那裡。

「懷憂……」君離塵埋首在他頸邊，輕聲喊著他的名字

不應該的……

就算是在厲秋生活的年代，這樣的情感也不能公開宣揚，何況是在這裡。

不應該啊……

「天快要亮了，我們回去吧。」君懷憂往後退去，手忍不住按上額角。

「吹了這麼久的風，我有些頭痛。」

「頭痛？」君懷憂緊張地過來扶住他，溫熱的掌心覆蓋上他的額頭。「那我們還是快回去吧。」

君懷憂蹙著眉頭，沒有掙脫，但心裡卻五味雜陳。

事情到了今日這個地步，到底該怎麼辦呢？

跳。

他從掌沿看過去，只見君離塵一臉緊張和憂心，他的心忍不住重重地一

不行，不能再這樣下去了。

就算要快刀斬亂麻，也不能再這樣下去了，哪怕……

這一刻在他胸口的某處，竟酸酸澀澀地溢出一絲疼痛。

「大少爺，這裡風大，您還是往後面站一站吧。」

「你去忙你的吧。」站在船舷邊的君懷憂吩咐，「快點準備好，我們馬上啟航。」

那名管事雖然覺得奇怪，但還是匆匆忙忙地去準備了。

規模頗大的船隊停在略遠處，雲桅上已經升起大帆，海風不斷從海面徐徐吹來。

這時天色漸漸泛白，黎明眼看就要到來了。

君懷憂慢慢走到船尾，默默望著距離逐漸拉遠的堤岸，眼裡浮現了淡淡的離愁。

如果不是無法可想，他又怎麼會選擇這條道路？未與親人告別，就踏上未知前途的旅程，他的心裡也是萬般不願意。

可是，只能這麼做了，這樣才能徹底地……

「君懷憂！」

一聲低吼劃破了平靜，君懷憂抬起頭，看見了那個站在碼頭上氣急敗壞的身影。

「君離塵。」相反地，他輕聲念出了那個人的名字。

兩人隔著不算遙遠的距離，相互凝視著。

「大少爺，要不要把船開回去？」身旁的管事問他。

「不用了，我們走吧。」他輕聲吩咐，卻沒有移動目光。

君離塵喊了那一聲之後，沒有再說半句，但他的目光卻讓君懷憂心驚肉跳。

他的眼神彷彿在說：君懷憂，你是逃不掉的。

君懷憂深深地吸了一口氣。

直到只能看見君離塵黑色的衣衫隱約飛揚的時候，君懷憂還是沒有將那口鬱氣吐出來。

他突然意識到，這一口氣，也許過了許多年以後，也未必能吐出來了。也許直到死去，這口氣都還是會哽在他的心口，蠶食他的五臟六腑。

直到四周都變成了茫茫海水，他才慢慢坐到甲板上，疲憊不堪地閉上眼睛。

「你已經開始後悔了嗎？」聽起來有些耳熟，卻又像全然陌生的聲音從他身後傳來。

他驚愕地轉過頭，卻看到了一個他完全意想不到的人物。

「我知道你是怎麼想的。」那個人揚了揚細緻的長眉，眨了眨貓兒似的圓眼。「這世上有我這樣的人存在，真是一件不可思議的事情呢。」

「喜薇？」君懷憂茫然地看著這個熟悉卻又陌生的人。

「不就是我嘛。」那人甩了甩額前過長的瀏海，笑得好不得意。

「妳……」

「我就像你現在看見的一樣。」眼前這個男子裝扮的喜薇雙手環胸，微揚起下頷。「我的真名叫『洛希微』，雖然偶爾看起來像個可愛的姑娘，但事實上卻是一個貨真價實的男子。」

君懷憂瞪大了眼睛看著他。

「是不是覺得很意外？」洛希微笑嘻嘻地坐到他的身邊。「我的易容術非常厲害，從來沒有被人識破呢。」

「你一直扮成女人……」

「所以說，什麼事都不能只看表面，這一點你已經深刻體會到了吧。」

洛希微眼角眉梢帶著笑意，意有所指地說道。

「你怎麼會在船上？」不管他是喜薇還是洛希微，問題是這個人怎麼會無緣無故地出現在這裡？「難道說是他……」

「你放心。」洛希微安慰他，「我不是來破壞你的計畫的，事實上，要不是我一直誤導君離塵，你哪能這麼順利離開他的身邊？」

「為什麼？」君懷憂狐疑地望著他，「你不是他的手下嗎？為什麼要這麼做？」

「手下？公子啊公子，你實在太小看我了。」洛希微邊笑邊搖頭，「我雖然稱不上什麼有名氣的大人物，可也不是你想像中的那種下人。」

「那麼，你究竟是誰？」

「我都說了，我沒什麼名氣，你一定沒聽說過我。簡單來說，我只是一個混跡江湖的殺手而已，就是那種只要你出得了錢，就可以為你取人性命的人。我們這一行和做官一樣，也分三六九等，我當然是第一流的。像我這樣的人，講究的是來去無蹤，又怎麼需要當什麼人的手下。」

「那你跟著離塵一定是另有目的了？」

「雖然我易容術極好，但總有一兩處無法掩飾的地方，比如出手的力道和角度，愛用的手法之類。」洛希微狀似苦惱地嘆了口氣。「有一個十分可怕的人物，這幾年一直在追蹤著我。那人的武功極高，才智過人，我打不過他，只能躲躲藏藏，可還是有好幾次差點被追上了。」

「要是真有這麼可怕的仇人，你怎麼還能這麼輕鬆？」

「及時行樂啊。」洛希微拍了拍他的肩膀，「雖然他心裡巴不得把我剁成肉醬，但因為我偷了一件對他來說極為重要的東西，我人可以死，但是東西必須還回去，所以他不敢對我下死手。」

「你跟著離塵就是為了躲避那個人？」

「一半……一半吧。」洛希微含糊地回答。

「那件東西既然不是你的，不如商量了還給他，也好全身而退啊。」

「先不說我願不願意，但那件東西其實已經不在我的手裡，而是落到了君大人的手上，我既然要借他庇護求生，也要給他一些能夠制衡我的手段。」洛希微彎起嘴角，「我需要他幫我隱藏身分，而他則需要我幫他做一些見不得光的事情。這本來也沒什麼不好，不過最近，我卻突然想明白了一些事情……他根本不是貪圖我殺人的本領，他控制著我，其實是為了有一天能夠透過我，來掣肘那個追蹤我的人。你說，他這是不是深謀遠慮，是不是算無遺策呢？」

「那你這次還敢違背他的意思幫我？」

「我當然也是為了自己，我既然想通了這一點，又怎麼會坐以待斃？你剛才可能沒有注意到，跟在君離塵身後那個穿藍衣服的傢伙，就是足足追了我五年的人。多虧有你，君離塵最近才會放鬆警惕，而我怎麼能放過這個機會？果然，君離塵發現東西不見了，馬上聯想到我這幾天老是為你掩飾行蹤的事，立刻就通知那個人前來追我。」洛希微裝模作樣地嘆了口氣。「只可惜他還是慢了一步，他畢竟只是『天下王』而不是『天子』，他還是有太多顧慮，慢了這一步他就不能再追。而我這一次，也算是徹底把自己逼上絕路。」

「我不知道這背後還有這麼多事。」經過了那麼多驚嚇，君懷憂感覺喜薇是個男人好像也沒什麼令人吃驚的了。「不過，我還是要感謝你。」

「君公子，話說到這裡，你也明白了吧。我沒什麼別的用心，一切就只是為了自保而已。」

君懷憂站了起來，面向大海。

「你剛才問我後悔了那一句，是什麼意思？」隔了許久，他輕聲問道。

「因為我看見你剛才的樣子，才忍不住想問。」

「我看起來像後悔了嗎？」

「不，你看起來一點也不後悔，反倒像剛從火坑裡跑出來，鬆了一口氣。」洛希微跟著站了起來。「我沒想到你這樣看重情義的人，居然真的會摒棄一切隻身遠走，或者你本來就是極為灑脫的人，有著說放就放的勇氣？」

「有些事，不是你想扛就能扛得起，該放手的時候就要放手，萬一到了扛卻扛不動，放也放不開的地步，那就太遲了。」

「長痛不如短痛？」

「自從我的生命遠離正常的軌道開始，我就告誡過自己，不要陷得太深，這眼前的一切對我來說更像是海市蜃樓，也許某一天我會突然醒來，發現現在所經歷的一切不過是南柯一夢罷了。」

「嗯……這些話我不太懂，是某種禪機嗎？」

「這個世上不會有人明白我想說些什麼。」君懷憂朝他微微一笑。「我隨便說說，你就隨便聽聽好了。」

「我總覺得你根本不像是這個世間的人物，就像現在，明明和你面對面站著，卻感覺和你離得很遠。你和別人之間像是有著一層隔閡，總讓我有一種空空蕩蕩、無法靠近的感覺。」

「是嗎？」君懷憂看向水面，淡淡地說：「也許那不是隔閡，而是比什麼都更加遙遠的距離。」

空間或許不是太大的阻隔，但時間呢？漫長的時光，又有誰能夠輕易跨越？

「如果這是夢的話。」他轉過身，朝洛希微微笑著，「一定不是什麼美夢，而是一個惡夢才對。不論最後結局如何，都是個非常糟糕的夢……」

洛希微疑惑地挑起了眉。

西風襲來，滿帆而行，他們所要前往的，是更遙遠的東方。

南柯奇譚
NAN KE
QI TAN
第五章

侍女們圍成一圈，在庭院裡玩著時興的紙牌，竹簾外漫天飛揚著碎落的櫻花。

他獨自一人坐在窗前，目光迷離地喝著剛煮好的茶，心不在焉地望著遠處。

「主人。」輕柔甜美的聲音響起，一個十五六歲模樣的少女拉開紙門走了進來。

「他回去了嗎？」他心不在焉地問。

「是的，藏人大人已經回去了，可是……他說什麼也不肯把東西帶回去。」跪坐下來的少女把門後一個大大的漆盒拿了出來，「他說您知道這會讓他很為難，就算看在他的面子上，也一定要收下。」

「唉——」他微不可聞地嘆了口氣，「這回是什麼？」

「是中宮身邊的岡田女官送的一套狩衣，還有一封信。」少女把盒子和信推送過來。

桔梗色的信封上優美地書寫著他的名字，他略微遲疑，最後還是拿了過來，展開觀看。

是一首和歌。

岡田女官是宮中有名的才女，和歌當然作得優美動人。

「玉盞孤燈思華年，自從與君別離後，夜夜低首不望天。」他輕聲念了出來。

「寫得真好。」一旁的少女讚嘆著，「岡田女官的所作這一首，比起《古今和歌集》的任何一首，都毫不遜色呢。」

他微微一笑，把信原封裝好，放到一旁的矮几上。

「您不回信嗎？」少女看著被放到一邊的信件，臉上寫著惋惜，「就算不作和歌，也可以書寫感謝啊。」

「還是不用了，岡田女官身分高貴，我們不適合和她來往。」他舉起青瓷茶盞，淺淺地品了一口。「送她一串珍珠鍊子，口頭表示感謝就好。」

「是。」少女點頭答應，「那這件狩衣……」

「留著吧。」他半垂眼簾。

那少女行禮後，抱著盒子離開了，他倚在窗框上，漸漸地出了神。

「自從與君別離後，夜夜低首不望天。」他輕輕地念著。

閉上眼睛，和風帶著花瓣溫柔地落到了他的臉上，這種溫柔彷彿許多年前的那個夜晚，曾經有一個人，那麼溫柔地……

「對著櫻花，應該品酒才對，拿著茶杯喝茶也太不風雅了。」一個聲音突兀地從他身後響起。

他慵懶地睜開眼睛，側頭看了看，微笑著回答：「我已經戒很久了。」

那人穿了一條淺紫色的指貫褲，一件白色的直衣，頭上帶著紗製的烏帽，手裡還拿著紅面的扇子，明明是一副本地貴族的模樣，偏偏說著流利的異國語言。

「不過，像你這麼美麗的人，不論在哪裡做什麼，只是看著就已經是一件風雅的事了。」那人眨了一下他貓兒似的眼睛，姣好有如女子的臉上帶著惡作劇般的笑容。

「我拜託你，以後不要在打扮得奇形怪狀的時候，突然出現在我這裡。」有時候這傢伙真是讓人不得不佩服，穿成這樣還能神不知鬼不覺地到處遊蕩。「我所有的侍女都被你嚇壞了，再這樣下去我只能選擇搬家。」

「那是她們太大驚小怪了，誰規定走路一定要有聲音？」誰教他都養著一些膽子比老鼠還小的侍女。「不過，話說回來，我哪裡奇形怪狀了？這身新衣服不好看嗎？再說了，你不覺得我最近皮膚很好，這麼英俊的臉怎麼可能嚇壞人呢？」

「她們會被你嚇壞，是因為她們不確定你到底是不是人。麻煩以後登門拜訪的時候請走正門，要不走後門也行，就是不要半夜從牆外翻進來了。」這傢伙上一次出現是在半夜，穿著一身白衣在院子裡飄蕩，還主動從背後向每一個人打招呼。「還有這幾個月的夜裡，你在地底下幹什麼？挖條地道需要搞出這麼大的動靜嗎？」

「咦？你知道啦？」那人走到他身邊坐了下來。

「就算要挖，也請你半夜不要那麼大聲，我們很久都沒有好好睡覺了。」他提出建議，「或者我可以找人幫你早日挖好，行不行？」

「那怎麼行？我最近才聽說這裡以前是藤原家的屋子，正計畫邊挖邊找寶藏，要是被別人挖走了怎麼辦？」

「洛希微，你真是個瘋子。」他無奈地嘆了口氣。

「多謝誇獎。」洛希微笑咪咪地應了，「你放心，還有兩三天就可以完工了，以後只要一盞茶的時間，就可以從你的房間直接到我屋裡了。」

「不過就是隔了一條大街，我為什麼要花一盞茶的時間從地底下爬過去？」他淺淺地打了個呵欠。

「因為我不想讓別人知道。」洛希微輕佻地用扇子勾起他的下巴。「萬一讓人知道我隔三差五地在你房裡待著，我大概活不到明天早上。」

「胡說什麼啊。」他推開了扇子。

「你就別裝糊塗了。」洛希微的目光放到了矮几上散落的數十張顏色各異的信箋上。「你天天收到這麼多示愛信，還男女不拘，真是令人驚嘆啊。」

他沒有多說什麼，只是把頭靠回窗框上，閉起眼睛。

「自從與君別離後，夜夜低首不望天。」

他聽見了，不由得心中一震。

「岡田悅子不愧是才女，寫了這麼一句就能讓人回味無窮。」洛希微手裡拿著張桔梗色的信箋，眉飛色舞地說著，「取的是明月相思的意思，又把你的姓氏放在句中，實在高明。因為相思而不忍抬頭看天上的明月，這意境多麼美麗啊。」

「夠了，你回去吧。」他忍不住揚高聲音，下了逐客令。

「為什麼？」洛希微放下信箋，壞心地笑了。「你身體不舒服嗎？」

「多事。」他淡淡地說道。

「我看不像，是心裡不舒服吧。這句詩一定讓你想起了某個人，只是不知道那個人是不是也是這樣……」

「洛希微。」他沉下了聲音。

「好好好，我不說，我不說了行不行？」洛希微勾起了嘴角，「你放心吧，大概也過不了幾天，你想要被我煩恐怕也難了。」

他疑惑地回過頭來，問道：「你要離開京都？」

「何止，我恐怕要離開扶桑了。」洛希微嘆了口氣，「雖然美麗溫順的扶桑女子令人眷戀，只可惜形勢比人強。」

「為什麼？」

「我的君懷憂君大公子啊。」洛希微扶著頭。「你難道忘了，我當時為什麼要千里迢迢跟著你跑來扶桑？」

「難道說……」他驚愕地看著洛希微。

「他追來了。」洛希微撐著自己的下巴。「有人說，看到有個人前兩天出現在剛靠岸的商船隊裡，他特徵明顯，很容易就能認得出來。沒想到他居然為了追我，連這麼一片大海都渡了過來。明明怕水怕得要死，真是令人感動。」

「被人萬里追殺還這麼開心的，你是我見過的第一個。」他揉了揉額角，覺得心中無力。「你準備去哪裡？」

「京都不能再待了，有你這麼顯眼的活招牌在這裡，他過不了多久就會找上門。聽說出了關外更西的地方，有著奇異的國度，我想去那裡看看。」說到這裡，洛希微一掃憂鬱，開始手舞足蹈起來，「聽說那裡的女子不但妖豔無比，更是熱情如火，迷人至極。」

「你準備逃到什麼時候？一輩子嗎？」君懷憂無奈地搖了搖頭。

「這話我也想問一問你。」洛希微毫不在意地搧著扇子。「你又準備逃到什麼時候，難道真的要留在這裡一輩子？」

「看樣子，只能這樣了。」君懷憂看著飄落在身前的櫻花，面無表情地說，「你多保重。」

「以那個人的身分，是無法隨意來異國尋你的，你不覺得這對你們來說都太殘忍了嗎？」

君懷憂沒有回答，神情一片平靜。

「有三年了吧。」洛希微看著他，「你也真夠絕情，為了躲他連家裡的關係都斷絕了，每次家裡派來的人都拒不見面。我真怕他一怒之下，把你家裡人抓起來，逼你……」

「他不會那麼做，他知道要是那麼做了，我永遠也不會原諒他。」君懷憂輕輕皺起了眉頭。「我不在，他會為我顧著家人周全。我當時要是不走，反而是對所有人……也對他……」

「就我看，也不用多久了。」洛希微站了起來。「朝中情勢已然變化，不論到最後結果是什麼，你都不用繼續逃避下去了。」

「要走的話，去向管家拿五千兩，你省著點花。」君懷憂回過頭，不想再繼續這個讓人心煩的話題。

「我就知道君大公子最是慷慨。」洛希微兩眼發光，朝他拱了拱手。「祝你身體健康，萬事如意，我們後會有期。」

君懷憂揮了揮手，趕他出門。

他大搖大擺地拉開紙門揚長而去，不一會就聽到了一連串女性的尖叫。

君懷憂無奈地按了按額頭，覺得頭隱隱作痛起來。

眼角望見那張桔梗色的信箋，他愣然地放下手，呆呆地看著。

自從與君別離後，自從與君別離後……

夜深了，君懷憂卻絲毫沒有睡意，披了件外衣提了盞燈，就這麼坐在寬闊的走廊上，看著櫻花在夜空中飛舞。

也許是平時已經習慣有人悄無聲息地出現，所以他看見有個人平空出現在自己面前的時候，他倒是沒有受到什麼驚嚇。把那人洗得有些發白的藍衫，到腰間古拙陳舊的長劍，最後是冷峻堅毅的面容看了一遍之後，他已經知道了這個人的來歷。

「他不在這裡。」君懷憂平靜地說道，「知道你來了之後，他立刻就走了。」

「我知道。」那人開口，他的聲音和他的人一樣，像是帶著稜角一樣冷硬。「我是來找你的。」

君懷憂站了起來，訝異地看著他：「找我？」

「我來扶桑之前，有人託我帶一樣東西給你。」

「不論是什麼，我都不想收。」君懷憂搖頭。「你把它帶回去吧。」

「這恐怕就由不得你了。」那人緩緩解下肩上的帶子，他這才注意到原來那人背後還背了一個方形的木盒。

一種不好的預感突然之間湧上了君懷憂的心頭，他目不轉睛地看著藍衣人解下木盒，然後手腕一抖，那木盒就平直地落到了他的腳邊，卻是沒有發出一絲聲響。

「這是什麼？」他疑惑地問。

那藍衣人屈指一彈，木盒突然四面展開。

「啊！」他不由驚叫一聲，驚慌中踢翻了腳邊的風燈，跌坐到了地上。

月光刺眼地散發著光亮，照射在打開的木盒上。

木盒裡端端正正地放著一顆人頭。

一顆美麗的人頭。至少在還活著的時候，它必定屬於一個美麗的女人。可是它現在被人割了下來，放在一個小小的木盒裡，就算表情再怎麼安詳，還是透著一股猙獰恐怖。

君懷憂驚愕地瞪大眼睛，不敢相信地望著這顆人頭。

他當然認識這顆人頭，不，應該說認識這個曾經會說會笑的美麗女人。

「怡琳……」他喃喃地念出這個名字。

「有人讓我轉告你，這一次是你妾室的頭顱，下一次會是你的獨子。」

藍衣人面無表情地說著。

「為什麼？」君懷憂顫抖地伸出手，觸摸到了那張栩栩如生的面容，語調不穩地說，「我還以為……為什麼？他為什麼要這麼做？為什麼……」

「如果你即刻返回，定可保住獨子的性命。」

「難道是為了這個，他就可以這麼狠心……」

「託我傳話的不是君離塵。」藍衣人打斷了他。

他只覺得胸口一窒，手垂放下來，抬眼看著藍衣人問：「你說什麼？」

「託我帶這個人頭來見你的人，不是君離塵。」藍衣人木然地看著他，「君離塵在上個月，已經封鎖了南方的各個港口，嚴格檢查來往船隻，就是為了不走漏風聲，讓你知道君家遭逢變故。」

「變故？什麼變故？」君懷憂急急忙忙站了起來，上前兩步，「託你帶著人頭來見我的人，究竟是誰？」

「皇帝。」

君懷憂被這個簡潔明瞭的答案鎮住了，一下子愣在那裡。

「我的話已經傳完了。」藍衣人轉身要走，剛起步卻又停了下來，「我最初所認識的君離塵，是一個骨子裡都沒有絲毫破綻的人。在我看來，那樣的人就算不會武功，但要戰勝他都是極為困難的，只可惜如今他已經變了。如果你這次決定回去，應該要懷著『死亡』的覺悟才對，因為天下是一個太大的誘惑，無論對誰來說，你都是一枚完美的棋子。如果我是君離塵，會在你成為威脅之前把你殺了，在這場對決裡，沒有弱點的人才會是最後的贏家。」

在漫天飛揚的櫻花裡，藍衣人像一把離鞘的劍，那種凌厲的氣勢連完全不會武功的他都感覺到了。但他沒有回避，只是筆直地站著，和藍衣人對視，語速緩慢地說：「你認為我只是枚棋子嗎？」

「你們君家的人身上，總有和別人不一樣的東西。」藍衣人抿了抿嘴角，「那我今天就再多嘴一句，只要你死了，就能成全他的野心。如果你活著，他不但會敗，而且必死。」

君懷憂的目光暗沉下來，直至藍衣人慢慢走遠，他還是直直地凝望著前方。許久，他才低頭看著那顆送來的人頭，凝滯的眼裡，滑出一顆又一顆的淚水。

這淚，也不知為誰而流。

這一年，當今的天子以年滿十九為名，向主掌政事的輔國大臣，左相君離塵提出親政。

君離塵主掌朝堂近十年，怎肯輕易放手，自然萬般推託。幾經衝突之後，僵持之局終被打破，君離塵率軍五十萬，打著「清君側」的旗號，由南向北不到七個月，就攻占了大半江山，現正和退守皇城四周的十萬御林軍對峙於距離上京不到百里的一處險關，一旦此處突破，大軍便可直逼皇城。

一時間，泱泱天下，人人自危。

這一天，最近總是一入夜就一片漆黑的皇城，深夜之中迎來了一位特殊的客人。

在文武百官上朝的天仰殿裡，年輕的帝王高高地坐在龍椅之上，審視著這位遠道歸來的客人。在明滅不定的燭火裡，這個人也毫不退讓地和他對視。

「我聽過太多人提起你，所以在我的心裡，你一直是個傳奇人物。」皇帝的面容雖然帶著幾分稚氣，但言語談吐已經是一個帝王該有的銳利和深沉。「曾經有人告訴我，你是君離塵命中唯一的變數，我想要保住皇位，就一定要把你掌握在手中。我本來不相信，甚至在見到你之前我還是不相信。你想，君離塵是什麼人？他那種人，怎麼會因為別人而改變自己的命運？直到四年前皇城夜宴的那個晚上，我見到了你，看到了君離塵看你的表情，我立刻就相信了。」

「原本見到君王應該下跪行禮，但如今這樣的局面，我似乎不用拘泥禮數了。」君懷憂微仰著頭，面無表情地看著他。

「聽你的口氣，似乎認為叛亂不是什麼大罪？」

「興亡盛衰，朝代更迭，本就是自然不過的事情，至於他……他不過是沒有生在帝王之家，卻想挑戰皇權，問鼎天下而已，野心本身並不算什麼罪過。」

「你這是想觸怒我？」皇帝不怒反笑，「但我不會生氣的，因為你說得一點也沒錯。如果他生在帝王之家，這天下早就是他的囊中之物。他絕對會是一代明君，名垂千古，永留史冊。」

君懷憂深深地看著這個在記憶裡並不清晰，甚至幾乎沒有印象的皇帝。

那一年春天，也是春暖花開的時節，他跟著君離塵到皇宮裡參加小皇帝十五歲的壽筵。

那個時候，君離塵的權勢正如日中天。那場壽筵之中，君離塵反倒比應是主角的皇帝更加受人追捧。他只記得山呼萬歲之後，大家的重心完全偏向了光彩奪目的君離塵，連他自己，也被混亂殷勤的人群弄得頭昏腦脹，根本忘了那盛大場面究竟是為誰而設。

要是自己是那個十五歲的皇帝，那麼自己的心裡，會怎麼看待那一幕呢？

皇帝，才應該是站立在權力巔峰的那個人。

想到這裡，君懷憂突然感覺到了一絲恐懼。

在他的認知裡，朝中才智和手段能夠與君離塵相提並論的，只有韓赤葉一個人。他完完全全地忽略了這個天下真正的主人並不是韓赤葉，而是坐在金色龍椅上，從高處把一切看進眼裡的小皇帝。恐怕連君離塵也未必會想到，他最終要面對的最大阻礙，是這個他一直忽略的，以為成不了什麼威脅的孩子。

「只不過我還是棋差一著，低估了君離塵的實力。也只能說他掌權多年，在朝廷中勢力之大已然根深蒂固。我急於求成最終走漏風聲，讓他有機會離開上京，真是嚴重的失策。」皇帝輕嘆了口氣，「他現在兵臨城下，說不定這江山轉眼之間就要易主了。」

「但你找我回來，並不是為了要將江山拱手讓人吧？」君懷憂冷冷地望著他，「你送小妾的頭顱給我，又以兒子的性命要脅，為的不正是要借我的命和他最後一鬥？」

「不是，我不是要和君離塵鬥，而是想要他死。」皇帝風輕雲淡地說了一句，「這天下的帝王只能有一個，我坐在這裡，他就不能活在世上。」

君懷憂的心一沉。

「我也沒有殺君清遙的意思。」皇帝接下去說，「你可能不知道，你的兒子和我可是八拜之交、結義金蘭的兄弟啊。」

這句話讓君懷憂大大地一愣。

爹，我今天認識了一位很有趣的朋友喔！

他猛地想起當年君清遙就算回了青田，也一直掛在嘴邊的「上京認識的朋友」，沒想到居然會是小皇帝。

「他現在已經是我親封的禦使，是我最信任的臣子。」皇帝盯著他，沒有放過他臉上任何一絲表情變化。

君懷憂的眼睛裡終於閃過一絲動搖。

「你想讓我做什麼？」他捏緊了手心。

「既然你是君離塵命中的變數，一定對他有著不一樣的意義。要是你動手殺他的話，應該易如反掌，不是嗎？」

君懷憂深深地吸了口氣。

「再怎麼說，他也不過是分散多年的兄弟，何況大義所在，滅親又算得了什麼？要知道你君家的人多半都在這皇城之內，到時皇城失守，他們的命運可就堪憂了啊。」

君懷憂忍不住退了半步。

「爹！爹！」這時，大殿外傳來了腳步聲和驚喜的叫聲。

他回過頭，看見殿外直衝進來的人影。

南柯奇譚
NAN KE
QI TAN
第六章

「清遙。」君懷憂有些驚愕地望著一身錦衣官服的兒子。

「爹！」君清遙跑了過來，一把抱住他，「你終於回來了，你知不知道這三年裡，我們有多想你啊。」

看著儼然已經是青年的兒子，感覺到有力的擁抱，君懷憂突然感到一絲陌生。

他只是離開三年，一切似乎都不一樣了。

「爹不高興嗎？」君清遙感受到了父親的冷淡，意識到自己過於忘形，立刻拘謹起來。

「不，不是這樣的。」君懷憂勉強露出一絲笑容。「我很高興。」

「這次爹能順利回來，還多虧了皇上呢。」君清遙興奮地說，「知道爹想回來以後，我求皇上派人去接應你，這樣的話，果然順利很多。」

「是嗎？」君懷憂抬起頭，看著笑意盈盈的皇帝，「那還要多謝皇上了。」

「爹？」終於察覺到他有些異樣的君清遙小心翼翼地問，「是不是因為君離塵……」

「他是你二叔。」君懷憂打斷了他，「不許直呼他的名字。」

「爹！」君清遙震驚地望著他。

「你三叔呢？」君懷憂問。

「他和素姨還有姑姑她們……自從琳姨……就一直住在韓丞相的府裡。」

聽到他提起死去的宋怡琳，君懷憂的眉目又沉了一沉。

「爹知道琳姨的事了，對嗎?那一陣子宮裡一直有刺客，誰也沒想到刺客會躲進琳姨的房裡，琳姨她……」君清遙低下了頭，「爹你也別太難過了，皇上已經厚葬琳姨，至於那個派刺客來的人，我們不會輕饒過他的。」

君懷憂看見兒子眉宇間的怨毒，心中一顫。

「我想先見見你三叔，其他的事我們以後再談吧。」他一把抓住兒子的手，用力之大足以讓君清遙覺得驚訝。

君清遙點了點頭。

「皇上，草民先行告退了。」君懷憂凝重地看向龍椅上那個依舊笑容滿面的皇帝，「至於皇上的提議，我會慎重考慮的。」

「你們多年未見，當然是要敘敘舊的。」皇帝靠到了椅背上，面目被陰影遮擋，看不清他的表情。「但時間緊迫，明日一早，還希望你能答覆我。」

君懷憂略一點頭，也不向皇帝下跪告退，就拉著兒子從大殿裡走了出去。

馬車裡，君懷憂一言不發，只是望著窗外死寂的街道發呆。

「爹，你是不是不喜歡阿玨？」君清遙輕聲問他。

「誰是阿玨？」他似乎沒有用心回答。

「就是皇上啊，私下我都叫他阿玨的。」提到好友，君清遙開心地笑了。

「兵臨城下，眼看你好朋友的江山就要落到你二叔手裡。可能連他的性命都不能保住，你怎麼還能這麼開心？」君懷憂回過頭來，認真地問道。

「不瞞爹說，我很久都沒有笑過了。」君清遙的神情鬆弛下來，「自從君……二叔起兵以後，我一直都很擔心。雖然阿玨待我就像親兄弟，可那個人畢竟是我二叔，不論在朝廷裡還是私底下，我的壓力都很大。但當我知道爹就要回來了，我突然覺得，所有的擔心都是不必要的，任何問題都不會再是問題。」

「傻孩子。」君懷憂露出一絲笑容，「你爹只是個凡人，又不是神仙。」

「在我眼裡，爹就是神仙。」君清遙堅定地回答。

他笑著伸出了手，想要像以前一樣揉揉兒子的頭髮，卻在看到梳得整整齊齊的髮髻，還有那雕琢精美的玉製髮飾時收回了手，也收回了笑容。

「爹？」君清遙詫異地望著他，心裡總覺得父親有些反常。

他一直認為，不論遇到什麼困難，父親永遠都是最冷靜、最能維持笑容的那一個人。可這一次，他不止一次地在父親眼中看到了不同尋常的陰鬱，這使他十分不安。

「清遙，如果有一天我和皇帝處在危險之中，但你只能選擇救一個，你會選誰？」君懷憂看著他的眼睛，慎重地問，「選我還是選他？」

「爹，你為什麼要問這種問題？」君清遙吃驚地說，「這怎麼能拿來選？」

「我問你，你是要救爹，還是要救你最好的朋友？」

看著君懷憂過分認真的表情，君清遙愣了好久。

「我會救爹。」君清遙回答，「可是我有機會救他而沒救，是對他不義，我也沒有顏面再活下去了。」

「為人之道，貴乎情義。」君懷憂無奈地長嘆了一聲，「清遙，你這種性格，換一種環境，或許能大有作為，可是留在這裡，遲早要吃大虧的。」

「我不明白，爹，你為什麼總說些奇怪的話？你是不是有什麼事瞞著我？」

「清遙，你還記不記得爹告訴過你，要你無憂無慮地過自己想要的生活？」

「當然記得。」

「但是清遙，這個世界上有很多事情都身不由己，我們為了得到想要的東西，一定要學會等待和忍耐。」

君清遙似懂非懂地看著他。

「答應我清遙，不論你將來面對任何事，都不能衝動行事。」

這時候，馬車停了。

車夫稟報：「韓丞相的府上到了。」

「大哥！」披著外衣匆匆從裡間跑出來的君莫舞失聲喊道。

站在窗邊的君懷憂回過頭來報以微笑，說：「我回來了，莫舞。」

君莫舞一個箭步衝過來，抓住他的肩膀，眼睛裡隱約泛起水霧：「你終於回來了，大哥。」

君懷憂輕輕點頭，拍了拍他的肩膀。

「可是大哥，你不應該回來的。」君莫舞神情嚴肅地對他說。

「大家都身在險境，我怎麼能一個人置身事外？」君懷憂溫柔地笑了，「這幾年大家都很辛苦吧，我回來了以後，就不用擔心了。」

「可是你應該知道，就算你回來了，對這種局面也……」

「莫舞，韓赤葉他對你是真心的，是嗎？」君懷憂突然打斷了他。

君莫舞被他這一問，愣在當場。

「易得無價寶，難得有情人。」君懷憂走到窗邊，望著樓外死寂的皇城，「如果他是出於真心，那我也就放心了。」

「大哥，我們先別談這些了。你知不知道怡琳她……」

「我也猜得出來，離塵讓怡琳去刺殺皇帝也是意料中的事，所謂死士，不正是這種用處嗎？」

「原來大哥早就知道了，我卻是最近……沒想到我們小小的一個君家，居然會成了藏龍臥虎的地方，末了還捲進了這奪天下的鬥爭裡。」君莫舞無奈地苦笑。

「人生在世，只有想不到，哪有不可能的事情。」

「大哥……你和二哥之間……」君莫舞問得支支吾吾，像是不知該怎麼開口。

這一問，讓君懷憂的表情霎時糾結起來。

「我們之間……」他答得有些恍惚，「我一時也不知要怎麼回答你才好。」

君莫舞也低下了頭。

君懷憂說出這句，也就等於回答了他一半的問題。

「莫舞。」君懷憂回過頭來，「韓赤葉什麼時候回來？」

「軍前告急，恐怕要到明天近午時分了。」

「在那之後，想辦法帶著大家離開上京。」

「大哥，上京戒備森嚴，我們住處外也滿是暗衛，恐怕……」

「你沒有辦法，韓赤葉有。你們離開以後，想辦法去扶桑，我在那裡還有一片產業，足夠你們立足了。」

「就算是這樣，那大哥你呢？」隱約覺得不大對勁的君莫舞問道，「為什麼只說我們？」

「我不能走。」

「為什麼？」君莫舞瞪大了眼睛，「大哥不走，我們怎麼能走？」

「要是加上我，你們也走不成了。」君懷憂苦澀一笑，「皇帝要以我威脅離塵，怎麼可能輕易放我逃脫？你們先想辦法脫身，我來引開視線，這才是最好的辦法。」

「不行！」君莫舞大聲反對，「就算死，我們也要死在一起。我們絕不能把大哥一個人留在這麼險惡的環境裡。」

「君莫舞，別傻了！」君懷憂也生氣起來，「你和我死了算不了什麼，可是憐秋和明珠她們呢？你也要她們陪著我們一起做無謂的犧牲？還有，清遙是我的獨子，你讓我親眼看著他遭遇危險，他日我還有沒有顏面去見君家先祖？」

君莫舞被他的質問打亂了思緒，可仍然堅持著：「那麼你讓憐秋她們帶著清遙先走，無論怎樣，我不會走的。」

「你留下來有什麼用？稍後我自然會想辦法脫身，你留在這裡我反倒會有所顧忌。」

聽他這麼說，君莫舞很是疑惑：「辦法？有什麼辦法？」

「你先別管我用什麼辦法，我只問你，你信不信我？」

「我當然是相信大哥的。」

「那好，你想想，這幾年以來，我說出口的話什麼時候沒有兌現過？」

君莫舞皺起眉頭，依然覺得十分為難。

「莫舞，我們君家到了今天這個地步，存亡也只是一息之間的事了。不論離塵是勝是敗，我們都要盡快離開上京。那小皇帝留下我們，是因為我們還有可以利用的地方。等到沒用處了，我們一樣是亂臣賊子。但在那之前，我還是有機會可以離開，我保證在上船之前趕上你們，好嗎？」

「大哥……」

君懷憂一笑，又叮囑道：「清遙十分信任皇上，要是說實話他未必肯信，說不定還要當面質問。所以不管用什麼方法，哪怕是下藥打暈，也要在離開後才能和他說明一切。」

君莫舞閉上眼睛，終於輕輕地點了點頭。

「還有件事，在韓赤葉回來之前，我想再見個人。」

「是素言嗎？她就在……」

「不是，不要驚動女眷。」君懷憂打斷他，「我想見韓赤蝶。」

「韓赤蝶？」君莫舞非常地吃驚，「你是說……」

「她還是住在那間屋子裡，對嗎？」

「是的，可是……」

君懷憂輕輕拍了拍他的肩膀，越過他，走下樓去。

「大哥。」君莫舞衝到樓梯口，大聲地說，「我們不會有事的。所有人都會平安離開，平安地生活下去。」

「當然。」君懷憂沒有停下腳步，「只要有足夠的勇氣，就算是絕處也能逢生。」

每當天有異象，韓赤蝶就會忍不住想起許多年前的一個晚上。

那時候她的母親依然活在世上，而她的年紀還很小，最多不過三五歲左右。

那天晚上，母親剛說完「天有異象」這四個字，她們住的那間屋裡就來了一位奇怪的訪客，而窗外的天空，則呈現出奇怪的紫色。

那個人叫做「紫辰」，在他穿著紫色衣服走進來的時候，身後是那一片詭異的紫色夜空。她當時就覺得，那人好像是從天上走下來的一樣。但走近了，她才發現那人的臉色比起自己和母親都要蒼白許多。這樣一看，他又像是從幽冥之中來到這裡似的。過了一些年月，她才知道，這個叫紫辰的男人，就是名動天下的前朝國師。

母親和紫辰似乎早就相識，但那一晚，紫辰不是來找她的母親，而是來找她的。照理說，三五歲的孩子根本沒什麼記憶。可直到今天，她還是清楚地記得紫辰當時的每一個表情、每一個動作，甚至是他所說的每一個字。只要她一想起這些事，總會覺得毛骨悚然。

從那一次見面直到現在已經過去許多年了，她也已經習慣對那個詭異高深的男人心存懼意。所以哪怕早已想通，紫辰當時一定是使用某種方法加深了自己的記憶，她心裡對紫辰的畏懼也沒有減少分毫。

傳說有著通天之能的國師，居然會請求一個尚且懵懂無知的孩子幫忙，不知有多麼匪夷所思。但事實就是那樣，紫辰用一種異常沉重的態度，請求當時尚且年幼的她幫助自己做一件事。

事情說簡單是簡單，但簡單之中卻又處處透著奇怪。

縱然往常也有好奇的時候，但她一直嚴守著承諾，想要窺視的念頭時常一閃而過便歸於沉寂。可是最近，那種想要知道裡面寫了什麼的欲望卻越來越強烈，有好幾次她都差點從信封裡抽出那張寫有祕密的箋紙。原本安靜沉默的她變得焦躁不安，就著燭火照鏡子時，她總是錯覺似地看到了母親的臉……

「我自己無法做到，也找不到可以信任和託付的人，所以只能請妳幫我。」

說完這句話之後，那個據說連面對君王也從不行禮的紫辰，竟然朝她行了大禮。

而聽到紫辰說這句話的時候，母親的表情黯然得如同失去了一切。母親的目光沒有半刻離開紫辰身上，但從頭到尾，紫辰都只是和她說話，沒有看過母親一眼。

那是她第一次也是唯一一次，看到自己向來冷靜寡言的母親，露出那種既是歡喜卻又痛苦的模樣。那時她不懂，現在卻多少明白了一些。若不是為了等到自己成年，或許母親根本熬不過那十年。想到這裡，她在心裡又沉又重地嘆了口氣，告訴自己不該再想下去了。

隔著紗窗，夜空中的紫微星依然散發著妖異的暗紅，她垂下眼簾，看著一個修長的影子慢慢從門外明亮的月光中融進她黑暗的天地。

君懷憂和韓赤蝶究竟說了什麼，他又為什麼要去找韓赤蝶，並沒有人知道。只是那一夜，君懷憂在那間屋子裡逗留了很久。等到他準備動身離開韓家的時候，太陽已經漸漸升起。

韓赤葉在那間屋子門口，一路送他出來。

「你真的決定了嗎？」韓赤葉語氣沉重地問他。

「難道你還有什麼更好的辦法？」君懷憂神色如常地問他。

「懷憂兄……」

「怎麼還這麼稱呼我？」君懷憂打斷了他，「不是應該叫大哥的嗎？」

韓赤葉先是愣了一愣，然後才反應過來，恭恭敬敬地喊了一聲：「大哥。」

「我這一家人，就勞煩你了。」君懷憂別有深意地望著他。

「你放心，有我在，君家定可保全。」韓赤葉鄭重地回答。

君懷憂點了點頭。

「大哥，你要保重。」韓赤葉扶他上了馬車，君莫舞站在門邊，滿臉不安。

「莫舞，赤葉，保重了。」君懷憂微微一笑。

馬車飛馳而去，彷彿剎那過後，就消失在眾人眼前。

夜色寂寂，朗月無光，但主將營帳裡，卻是燈火通明。

君離塵默默看著眼前的地形圖，耳朵裡充斥著手下將領們爭論的聲音，像是完完全全心不在焉。

「啟稟大人，巡邏衛隊有事稟告。」帳外近衛高聲說道。

一時間，帳內突然安靜下來，所有人的目光再次集中到他的身上。

他慢慢抬起頭，環顧一眼，凡是被他看到的人，都覺得背脊發寒。

「進來吧。」他靠回椅背，恢復了剛才漫不經心的表情。

一個衛兵模樣的人走了進來，單膝下跪：「啟稟大人，巡邏時發現一名可疑之人試圖接近營帳，現已被我等捉回。」

「十之八九就是奸細，還稟什麼，就地處決就好了。」他右手邊一個虎背熊腰的武將直著嗓子說，「這種小事也來打擾大人？」

他輕咳了一聲，那名武將立刻低頭不再作聲。

「那個人是什麼身分？」他慢條斯理地問。

「回大人的話，那人自稱是上京人氏，多年在外經商，因為家人都留在城裡，所以冒險想回上京。」衛兵放下手上的包袱，「這是他身邊的物品，已看過了，除了幾件衣服一個水袋，還有些財物以外，並沒有什麼可疑物品。」

「是嗎?那就讓他進城裡去吧。」他想都沒想，隨口就說了。

「大人，這樣妥當嗎?」他身後一個文士打扮的人輕聲問道。

「就算他是奸細，對大局也沒什麼影響。如果不是，他就是個極好的棋子。」他輕輕一笑，「到了城門下，若他不是奸細，自然進不了上京，甚至有可能被當成我們的細作，萬一守城的士兵將他射殺，我們正好可以大作文章。」

文士雙目一亮：「大人才智，真是舉世無雙。」

這文士這麼一說，底下就算有一頭霧水的，也不好開口問個明白。

那士兵領命，收拾好東西就要離開。而他拿起茶盞，輕輕吹開了浮葉。

「咦？這個人看來倒是身家豐厚，這塊羊脂白玉可是上品啊。」

那衛兵收拾的時候，有一塊佩玉從行李裡掉了出來，旁邊的一個將官看見了，撿了起來，把玉拿在手裡看了看，一邊說。

「還刻著字呢，是……君……且……懷憂……」

他猛地抬起頭，光線裡，那塊通透的白玉冷冷地散發著清輝。

他一鬆手，茶盞落到了桌面上，又翻滾到他的膝頭，最後才摔到地上，發出刺耳的聲響。

所有人愕然地看著他。

他也不顧濺濕的衣服，站了起來，兩三步走到那個人身邊，一把搶過了那塊玉佩。

玉上刻著纏繞的花枝，中央，就刻著那四個字。

「君、且、懷、憂。」他一個字一個字地念了出來。

從來沒見過他露出這麼凝重的表情，營帳中所有的人都被嚇住了，也不知道前一刻究竟發生了什麼事。

「他多大年紀?長得什麼模樣?」他把那塊玉牢牢地抓在掌心,嚴厲地問著那個來報訊的衛兵。

「那人看起來大概三十歲左右,模樣……十分地……十分地……」那個衛兵緊張至極,一時找不出合適的詞句來形容。

「那個人長得十分俊秀,對嗎?」他接了下去。

「是的,那人的確長得挺好看的。」不知是不是被他冰冷的語氣嚇醒,衛兵說話立即流利起來。

他的臉色沉了又沉,終於化作一片鐵青。

「大人?」那名文士走到他的身邊,正要開口詢問,卻被他抬手制止。

「人呢?」他問。

「在西邊單獨的軍帳裡。」

他目光一閃,提腳往外走去,但走了兩步又停了下來,愣愣地站著。

「大人。」文士打扮的人開了口，「那個人……大人認識？」

他沒有承認，也沒有否認，只說：「散了吧，各自休息。」

南柯奇譚
NAN KE
QI TAN
第七章

君懷憂坐在簡陋的木椅上，出神似地盯著眼前那一盞燈火。火裡，有一隻正在燃燒的飛蛾。

慢慢地，視線凝滯的眼睛裡湧起了陣陣憂傷，他抬起手用力地捂住，直到開始感覺到疼痛。

「你們都走開吧。」隱約地，傳來了一個聲音。

那聲音讓他微微一顫，他的手突然失去所有力氣，從臉上滑落下來。

他的眼睛仍然看著那盞燈火，那隻飛蛾早已被燒成灰燼，而燈火卻燃得更加旺盛。

有人走了進來，走到了他的面前，火光被影子遮擋住。

「唉——」那長長的嘆息，讓他心口一陣緊縮。

他慢慢地抬起眼睛，從黑色的錦緞，一直看到了那雙烏黑的眼睛。

「你為什麼要回來呢？」現在，這雙眼睛裡沒有絲毫凌厲陰冷，只有深深的無奈和重重的擔憂。

「離塵……」終於，他再也忍耐不住，在眼眶裡停留了太久的淚水，終於跌落下來。

君離塵幾乎在看到他眼淚的第一刻，就被擰痛了自己的心臟，他忙不迭地半跪著，用指尖拭去了那滴淚水。

「我怎麼能不回來呢？」君懷憂推開了他的手，半側過臉。

君離塵反手抓住他，抓得那麼緊，讓他的眼淚又落了下來。

「你別哭。」君離塵的聲音有些沙啞。

「對不起，我知道這很難看，可是……我也沒有辦法。」君懷憂深吸了口氣，用有些顫抖的聲音問，「怎麼會呢？我們為什麼會走到這一步呢？我究竟做錯了什麼？為什麼……」

話音結束在君離塵的懷裡，君離塵輕輕地摟著他，輕輕地說：「你沒有錯，我們都沒有錯，我從來沒有覺得有任何錯誤。」

「你讓我進城去吧。」君懷憂沒有掙扎，他閉上眼睛聆聽著那沉穩有力的心跳。

「不行。」君離塵繃緊身體，厲聲說道，「你想都別想。」

「我放不下的，離塵，你知道我放不下的。」君懷憂離開了他的懷抱，重新低頭坐好。

「不行，你想都別想。」君離塵站了起來，目光銳利，「我還沒有問你，為什麼被帶到這裡還要隱瞞自己的身分？你知不知道，差一點……」

後面的話他沒能再說下去，想著萬一自己沒有看見那塊玉佩會發生什麼，他就嚇出了一身冷汗。

「不行，我不會允許的。」他看著君懷憂，「你必須留在這裡，哪也不許去。」

「你不能這麼做。」

「難道你心裡只有他們，就一點也沒有……我嗎？」他一把抓住君懷憂的雙肩，強迫他站起來面對自己。「你有沒有替我想過，有沒有想過我會怎麼樣？」

「離塵。」君懷憂黯然地說道，「我們是親兄弟啊，你只是一時……」

「不，我不想談這個。」君離塵打斷他，「我只想告訴你，我不會冒著失去你的危險，絕對不會。」

察覺到君懷憂流露出一絲痛楚的表情，身子也微微向左傾斜著，他立刻追問：「你怎麼了？」

「大家都在城裡，清遙、莫舞、憐秋、明珠……你讓我怎麼安心留下呢？」

「你的腳怎麼了？」君離塵一看見他腳踝邊的血跡，哪裡還聽得進其他的話，「怎麼受傷的？被誰弄傷的？」

「是我自己不小心撞到而已。」君懷憂緊皺著眉頭。「你就別……」

「痛不痛？」他沒來得及阻攔，君離塵已經蹲了下去，小心翼翼地查看傷口。

「唉——」君懷憂嘆了口氣，「都什麼時候了，你還在意這些小事。」

「傷口很深，一定很痛。」君離塵皺起了眉，抬起頭，看著君懷憂，有些急切地說，「讓大夫看一看，好嗎？」

他低頭看著君離塵，茫茫然地出了神。

為什麼？為什麼上天總是和人們開這種可悲的玩笑？為什麼命運註定讓兩顆遙不可及的心匯聚一方？卻偏偏，讓他們隔著天與地一樣遙遠的距離。

主將營帳裡，依然聚集了眾多將領，但卻少了前幾天那種激烈的爭辯聲。

因為在主位的長榻上，坐著一個長相俊美的陌生男子。

有人認出了這個男人，說他是君大人的長兄。

但說是兄弟，這兩個人之間看著卻有些古怪。

尤其是君大人，他的目光沒有一刻離開過自己的兄長。

他一反平日漫不經心卻又運籌帷幄的態度，生怕一眨眼人就會平空消失了一樣。對方皺眉他也跟著皺眉，對方嘆氣他的眉頭更加緊皺，只要那人的目光一看過來，就會立刻湊過去問長問短，就連腿傷換藥這種小事，也絕不假他人之手。

那種殷勤的模樣，簡直能讓人背脊發寒。

對於平日裡見慣了他雷霆手段的人來說，這儼然是做夢也不敢想像的事情。

只見那人剛剛站了起來，大人就轉身到他面前去了。

「要去哪兒？」君離塵扶住了他的手臂。

「你忙你的吧。」看見滿帳的人都盯著自己，君懷憂不自在地說道，「我想到外面走走。」

「我陪你去。」

「你不是還有正事要忙嗎？如果不放心的話，找人跟著我就行了。」

「你的腳……」

「不礙事了。」他看了君離塵一眼，轉身走了出去。

君離塵轉過頭來，眾人紛紛避開他了的視線。

據說君懷憂原本是富甲一方的豪商，卻不知為了什麼在幾年前突然拋下家眷孤身前往扶桑，偏巧又在這個節骨眼上出現在此地，這事……總讓人心裡覺得不安。

但疑惑歸疑惑，沒有半個人敢向君離塵提出關於這個兄長的隻言片語，君離塵的喜怒無常實在太過深入人心，萬一因此招來禍端，未免也太不值得了。

如今，離成功可只差半步。

君懷憂站在山坡上，遠遠眺望著皇城。

宏偉的宮闕像是一條暗色巨龍，盤踞在城市中央，但任他怎麼看，都覺得那裡更像是一座巨大的牢籠，囚禁了世界上所有對權力生出的欲望。

「你在想什麼？」耳邊傳來了熟悉的聲音。

「這幾年來，你過得還好嗎？」他問。

「什麼是好，什麼又是不好？」君離塵走了過來，和他並肩站著。「你真的關心過我嗎？」

「在扶桑有人寫了首詩給我，說『自從與君離別後，夜夜低首不望天』。那一刻，我心裡受到了極大的觸動。」君懷憂輕輕一笑。

「是誰這麼情深意重？」君離塵側過頭，不想讓他看見自己滿懷妒恨的樣子。

「我想……」他沒有回答，自顧自地說了下去，「或許我當年匆匆忙忙地逃開，並不是最好的選擇。」

君離塵愕然地看著他。

「你還記不記得，幾年前你生病的那晚，纏著我問了許多問題？你問我對於情愛的看法，我說了『一生一世，不棄不離』這八個字，記得嗎？」

「記得。」君離塵迷惑於他的態度，但這些年來，這是君懷憂第一次主動正視他們之間紛亂複雜的心結，讓他忍不住緊張起來。「你說只要你找到了那個人，不論是什麼模樣，不論是不是同樣愛你，只要那個人在你身邊的一天，你就會一生一世，不棄不離。」

「你記得真是清楚，只是一句話，你卻記得這麼清楚。」君懷憂低下頭，有風吹過，讓他的長髮飛揚不止，「這就是你和我的不同，你執意又積極，我卻只會逃避。因為我始終沒有你那樣的自信，我一直在害怕，這樣的感情我怎麼去守護一生一世，怎麼才能不棄不離？如果大家在得到之前就註定要失去，是多麼地令人痛苦。與其這樣，不如在一切開始之前，就結束一切的可能，那麼你我也許都不會受太大的傷害。」

「為什麼？」君離塵愣愣地問，「難道只是因為這樣……」

「愛情是多麼美好又多麼可怕，教人猶豫又教人痛苦，卻是兜兜轉轉，始終逃不開避不掉。」他轉身面對君離塵，伸手為他理順了被風吹亂的頭髮，輕嘆了口氣，「我該怎麼辦呢？我們都是男人又是至親，這種感情我感受到了，卻是承受不起。你在受苦我也並不好過，我受的煎熬你恐怕也是不會知道的。」

君離塵抓住了鬢邊的手指，張了張嘴，卻無法說出話。

「離塵，你想要去那裡，對嗎？」君懷憂轉頭望向那片閃爍金色光華的琉璃屋頂。「這也許是當今世上最吸引人的夢想，被世人景仰，擁有無上的權力。雖然我不懂政治，但我知道如果你坐到了那個位置上，就一定會是個非常出色的皇帝。」

「不，我不需要世人的景仰或後世的傳頌，我想要得到帝位，只是因為我不想認命。」君離塵也看向皇城。「我的師父紫辰一直對我說，我生來紫微入命，應是天下之主，只可惜沒有生在帝王家，差了一分氣運，註定要和皇位擦肩而過。我不信，既然上天給了我這個機會，就說明我有資格得到。就是因為命運的擺布，讓我被迫受盡冷落，那麼，我想要從這種命運中得到一些回報，不也是應該的嗎？」

「原來你知道……」

「我一直都知道，韓家有一種知曉過去未來的能力，韓赤葉之所以和我處處針鋒相對，不過是因為陷入了那個『君離塵是禍亂之源』的蠢問題裡。天下，是有能力者才能得到的東西，什麼應不應該、可不可能都是愚蠢的顧忌。」

一說到這些，君離塵就像是完全變了一個人。或者應該說，就像是君懷憂第一次遇見他時的那個樣子，高不可攀又難以親近。

「那我呢？我與天下如何兼有？」他本來不想問，也是不應該問的，但他還是問了。

君離塵果然愣住了。

「如果你坐上了那個位置，就註定與我再也不能有任何牽連。」君懷憂輕輕地抽出了自己的手。

「為什麼？」君離塵又一把抓住他抽離的手。「我一生之中，除了你誰都不會再要，你為什麼不能留在我的身邊？」

君懷憂呆呆地看著他的眼睛。

「懷憂。」他固執地說，「我早就決定了，你與天下我一定會兼得。在你離開的那天我就告訴自己，我可以給你一時的自由，但終有一日你只能陪伴在我的身邊，我絕不會再讓你逃走，你只能在我的身邊……」

「你還是那麼自信。」只覺得眼角有些發酸，君懷憂急急忙忙低下頭去，苦澀地笑了，「可是……」

君離塵猛地把他擁入懷中，打斷了他。

「沒有可是。」他堅定地說著，「我說過我不要任何人，只要君懷憂一個，不論是男是女，是美是醜，只要你一個人。」

「君懷憂？君離塵，你看著我。」君懷憂半仰著頭，「你看清了嗎？站在你面前的這個人，究竟是什麼模樣？如果有一天，我不再是我，你還會認得我嗎？你愛的，究竟是誰呢？」

看見君離塵迷茫不解的神情，君懷憂不由得自嘲地笑了。是啊，連他自己也不知道在問些什麼，君離塵又怎麼會懂呢？

「不，你不用回答。」他再一次低下頭，閉上眼睛，「我只是……」

有太多的話來不及說，有太多的事不能傾訴，有太多的阻隔無法逾越。

如果能說出那些話，如果能讓他分擔心中的憂愁，如果真的還有未來……

他知道君離塵會陪他吃這頓飯，他也知道，這頓飯以後君離塵會下令攻打皇城，也許明天，這片江山就要易主了。

這已經是最後的機會，所以，一切都必須結束。

君懷憂環顧四周。

君離塵知道他討厭被人打量指點，所以沒有讓人跟著伺候，整座營帳裡，只有他，還有一桌的酒菜。

他慢慢地、慢慢地抬起手，從自己的頭髮上抽出一支長長的玉簪。輕輕地轉動，裝飾的鏤雕和簪身分離開來，他小心地把其中的白色粉末倒入面前的酒杯，耐心地看著那些粉末完全地溶入酒中，然後把玉簪插回了髮髻。做這一切的時候，他是那麼地平靜，臉上完全沒有任何的表情。做完這一切，他也沒有表露任何不安，只是坐著，靜靜地等待著。

君離塵過了很久才回來。準備攻城，他當然要去軍前鼓舞士氣，但是像君離塵這樣的人，振臂高呼似乎有些可笑。

「怎麼了，在笑什麼？」

他輕輕搖了搖頭，微笑著把面前的酒杯遞給君離塵。

「這是祝捷酒嗎？」君離塵也勾起嘴角看著他。

「我希望你能夠實現所有的願望。」他親自端起那杯酒，遞到君離塵面前。

「我就要攻打皇城了。」君離塵接過酒杯，深深地看著他。「如果，這次攻城君家無法倖免，你會恨我嗎？」

「不會。」他簡潔有力地回答。

「懷憂。」酒杯在君離塵的嘴邊停住，他又問，「除了兄弟，你有沒有對我動過情？」

「有。」他依舊沒有猶豫。

「好，實在是太好了。」君離塵的臉上顯露出一種奇怪的神情。

酒杯已經碰到了他的嘴唇，然後，靠近又遠離，靠近，又遠離。

君懷憂平靜地看著他。

「如果，我已經喝下這杯酒，你的回答會是什麼呢？」終於，君離塵還是放下了酒杯，看著他。

君懷憂一愣。

「你猶豫過嗎？」君離塵的眼睛那麼暗沉。

「有，但我必須這麼做。」君懷憂看著那杯酒，直到現在，他依舊保持著平靜。

「為什麼？」

「犧牲一個兄弟，可以救回全家，我的獨子和我的弟妹，我有什麼理由不這麼做呢？」

「那我呢？」

君懷憂抬起頭，迎上了他凝固的眼神：「只是一個兄弟，失散了許多年的，感情並不是很深的兄弟。」

君離塵凝固的眼神終於被擊碎。

「只是兄弟？那麼，你所說的那些……又算是什麼……」

「因為我很歉疚，我沒有那麼鐵石心腸，你對我的情意我也能夠感受到，可是除了同情，我什麼都給不了你。」君懷憂嘆了口氣，「何況，當初要不是我一再退讓，讓你產生錯覺，今天也不至於會令你如此痛苦。」

「很好，好極了。」君離塵靠在椅背上，目光裡一片空洞。「你以為殺了我，就能救得了那些你重視的人嗎？」

「也許不能，但如果我不動手，就一點機會也沒有了。」

「君懷憂，你真是狠心。」君離塵笑了起來，笑得倉皇而又淒涼，「你知不知道，你這麼說，和殺了我根本沒有什麼區別。」

「對不起，我不得不這麼做。我們君家註定是要虧欠你。」君懷憂帶著歉意，可是他的表情依舊平靜得近乎殘酷。

「夠了。」那種殘酷終於打敗了君離塵，讓他臉上的痛苦被陰冷替代，他站了起來，用力地抓住君懷憂的雙肩。「我真想知道，你為什麼可以這麼殘忍？為什麼？你為什麼也和他們一樣把我當作毫不重要的東西？你知不知道，這麼多年以來，我的心裡就只有你。別人怎麼恨我我都可以不在乎，沒有任何事能夠讓我這麼痛苦，只有你！只有你啊！你怎麼忍心，你怎麼忍心……」

肩膀上的疼痛讓君懷憂皺起眉頭。

君離塵下意識地鬆開手，下一刻，他便厭惡起自己的軟弱。

別人都說你沒血沒淚，心如堅鐵，你也無數次告訴過自己，為了得到這個天下，哪怕血染山河又有什麼關係？

那些怨恨你的人，害怕你的人，他們的只配做你腳下俯首貼耳的奴僕。

可是現在呢？

這個人明明背叛了你，背叛了你有生以來第一次交付的真心，你居然因為害怕弄痛他，而如此小心翼翼？

他要殺了你，他要殺了你啊。你怎麼能夠容忍這樣的事發生？

他愛他的家人，勝過愛你千百倍，這樣的人值得你視如珍寶嗎？如果你窮盡一生，都得不到這個人的心，又該怎麼辦？

你能等那麼久嗎？你等得到嗎？如果他愛上了別人，他的心最終給了別人，你該怎麼辦？要怎麼辦？

你只會更痛苦，更加痛苦，那種痛苦你怎麼能夠承受？想要永遠不會嘗到那種痛苦，除非……

「你想殺了我，是嗎？」君懷憂在他的眼裡看見了殺意，平靜地說，「其實，我早就知道了，你的心裡一直有殺了我的念頭。當年你讓我去皇城送那個漆盒，裡面什麼都沒有吧。你讓人在半路上刺殺我，卻沒想到我只是受了傷。你的心在那一刻分成了兩半，一半痛恨我使你變得軟弱，另一半卻對失去我感到恐懼。你殺我是因為你恨我，你救我是因為你愛我。那現在你的心裡，又是哪一半占了上風呢？」

「夠了，君懷憂。」君離塵鬆開手，踉蹌地後退了幾步，用全然陌生的目光看著他，「你究竟是什麼人？為什麼我覺得我好像根本不認識你？」

「你看清了嗎？我會是誰呢？你只是忘了，我也姓君，而我現在做的，和你當年在舞鳳宮裡做的也沒什麼區別。」

君離塵扶住桌子，收拾著自己已經殘破不堪的心。

這麼多年來，他的心裡只有一個願望，至少在聚華樓遇見君懷憂的那一刻之前，他的心裡就只有一個願望。

他所想要的，只有那座世上最為華麗也最為黑暗的宮殿，他要證明，他君離塵生來就是為了「君臨天下」，沒有人能夠質疑這一點。

他費盡心機，一步一步地走到現在，最後的關頭，絕對不能被任何事毀了他就要到手的成功。

他深吸了一口氣，重新站直他修長的身軀，再一次睜開眼睛的時候，冷靜已經重新回到了他的臉上。

「很遺憾，你失敗了，一切都已成為定局。上京已如危卵，你沒能殺了我，這個天下就註定要落到我的手裡。上京覆滅，君家也逃不過這場劫難。」

君離塵笑了，笑得讓人不寒而慄。「我可以告訴你，就算城破他們得以不死，我也不會再讓他們活在這個世界上。我要你親眼看著，看著他們一個一個為你剛才所做的事付出代價。」

「你不怕我恨你嗎？」君懷憂直直地盯著他。

「你恨吧。」君離塵笑得更冷。「我不在乎，你儘管恨吧。」

「你為什麼不殺了我？」

「我為什麼要殺你？我沒有想過要殺你，我只是想讓你知道，這杯酒把我傷得多痛，你也應該嘗嘗那種滋味，也許嘗到了，你就會明白我究竟有多愛你了。」君離塵拿起桌上的酒杯，當著他的面倒在地上。「你心裡應該很清楚，失敗了會有什麼樣的結果。青田君家會跟著這個皇朝一同覆滅，而這一切都是你自己一手造成的。」

放下酒杯，他頭也不回地走出營帳。

南柯奇譚
NAN KE
QI TAN
第八章

兩名衛兵隨後走了進來，想來應該是君離塵的吩咐。

感覺到君離塵漸漸走遠，君懷憂依舊沒有任何的表情和動作。

「我一直知道，你是個可怕的人。」

這座營帳裡，突然多出了一個不屬於他的聲音。

一旁的衛兵不知什麼時候已經軟倒在地上。

「如果我是他，就一定不會相信。世界上哪有那麼多的巧合，偏偏被他親眼看見你在下毒？」那個聲音又說，「原來絕望，真的能讓一個頭腦聰明的人瞎了眼睛，我原以為這肯定行不通呢。」

「你不是他。」君懷憂靠在椅子上，露出了疲憊的神情。

「他也不想想，像你這種爛好人，怎麼可能下得了毒手？不過話說回來，我從來沒見過他如此狼狽，心裡倒是有些痛快。」

「你還是一樣這麼多話。」

「他可不像是這麼笨的人，難道說真的有『當局者迷』這種事嗎？倒也是，你手段之高明，連我都差點就信了那是杯毒酒。說實話，你對他……」

「洛希微，你閉嘴。」君懷憂猛地打斷他，「我的時間不多了，你到底還要在桌子底下講多久？」

「好了好了，我這就出來了嘛。」

這時，從桌子底下鑽出一個人來，想來是在桌子下面挖了個洞，躲在那裡。

那人拍了拍身上的塵土，眨了眨招牌一樣的圓圓貓眼，上上下下地看了看君懷憂問道：「你沒什麼事吧？」

「走吧。」君懷憂站了起來。

「等一下。」洛希微一把拉住他，「你真的決定了？其實事情未必有那麼糟糕，你又何必拿自己的性命開玩笑。你實話告訴他，說不定他會有辦法的。」

「什麼辦法？是你自己說什麼辦法也不會有的。」君懷憂看了他一眼，

「我好不容易演完這一齣，現在卻要反悔嗎？」

「不是啊，你難道真的願意一個人等死？在他身邊，你多少能好過一些。『七日斷魂』雖然可怕，卻總也能找到解藥，說不定上京撐不了幾個時辰就被攻破，那你也還有救啊。」

「盡是胡思亂想，快走吧。」君懷憂把桌上的酒杯收入懷中，跳進桌下的洞裡。

洛希微嘆了口氣，跟著跳進了自己挖好的地道。

山坡上，君懷憂回首望著君離塵駐營的方向。

「在想什麼？」牽著馬站在他身邊的洛希微問。

「我在想，你每次挖這麼長的地道，挖出來的土都到哪裡去了？」君懷憂十分正經地問道。

「你管這個幹什麼，總不會是被我吃掉了。」

君懷憂抬頭看了看天色：「很晚了啊。」

洛希微欲言又止。

「時間已經不多了，按我們的約定，帶著我能走多遠就走多遠，萬一我死在路上，就隨便找個地方把我埋了，不要立碑，知道嗎？」

「我看見過無數的將死之人，可像你這樣的還真是沒見過。死了還怕別人會難過，要躲起來偷偷死掉，真不知道你心裡究竟是怎麼想的。」

「你別難過，我不是還沒死嗎？」

直到君懷憂幫他擦了眼淚，洛希微才知道自己哭了。

「像你這樣的人，為什麼不長命呢？難道說上天都有私心，不想把你留給君離塵那個妖怪？」

「我對不起他。」君懷憂忍不住再次回望。「與其讓他看著我死，我寧願他一輩子都不知道事情的真相，一輩子都以為我還活著，只是又一次從他身邊逃開……」

「你真的很殘忍，只把這個祕密告訴我一個人，只怕我這一生都不得安寧了。」

君懷憂笑了，淡淡的，帶著鬱鬱之色。

「什麼人？」洛希微突然神色一凜，伸手把君懷憂護到身後。

「你還是沒什麼長進。」一個冷厲的聲音從黑暗裡傳了出來。

君懷憂明顯地感覺到了，洛希微的身子在聽見這個聲音的時候，忽然變得僵硬起來。

「這件事和你無關，我們的事以後再說。」

君懷憂第一次聽見洛希微用這麼凝重的語氣說話，不禁感到有些驚訝。

「難得你還記得我們之間有事沒有說清。」那個人從陰影裡走了出來，藍衣古劍，面容冷峻。「不過，我這次來不是來找你的。」

「是你？」君懷憂皺起眉頭，印證了自己的猜想。

「你什麼意思？」洛希微戒備地問。

「我要找的人是他。」藍衣人銳利的雙眼盯著君懷憂。

「什麼?」兩人同時驚訝地反問。

「我受人之託，要把他帶回皇宮。」藍衣人的目光在洛希微身上打量，「你知道是白費功夫，就不用動手了吧。」

「藍天遠，你就不怕我毀了那東西?」洛希微咬了咬下唇。

「我說過了，我這次不是來找你的。」藍衣人看著君懷憂。「我不想對不懂武學的人動手，你也知道他不是我的對手，所以你跟我走就是了。」

「不行。」君懷憂看著他，搖頭拒絕，「我不能回去。」

「如果我告訴你，你的獨子還在皇宮裡呢?你也不跟我回去嗎?」

洛希微一聽，心中暗叫糟糕，回過頭果然看見君懷憂面色發白，急忙一把將他扶住。

「希微，是真的嗎?」君懷憂強裝鎮定，但手卻有些發抖。

「君懷憂，你不能回去。」洛希微抓住他。「這個時候回去，就真的一絲希望也沒有了。」

「清遙他……為什麼會……」

「出了點意外，他的確沒來得及和大家一起離開。」洛希微的臉色十分難看，「我答應過韓赤葉，一定要把你交到他的手上，都到了這種時候，你怎麼能回頭。」

君懷憂有些愕然地看著洛希微。

「你還不明白嗎？你不能死，有太多的人希望你活著，只要你能夠堅持到碼頭，我們就有辦法保住你的命，但你如果你現在折回皇宮，就算是神仙也救不了你！」洛希微幾乎是咬牙切齒，「你以為你回去能改變什麼？你回去，只會白白搭上自己的性命！」

「可是，清遙他……」君懷憂皺著眉，心裡亂成一團。「我怎麼能把清遙一個人……我怎麼能把他捨棄……」

「君懷憂！」洛希微狠狠地抓住他搖了搖。「我知道，我們所有的人都知道，所以你才會落到今天這個下場！」

君懷憂看了看他，又抬頭看了看沉默不語的藍天遠。

清遙他一個人……可是，要是回去了，那麼該怎麼辦？該怎麼辦才好？

「不行。」終於，君懷憂沙啞著開了口，「我不能回去。」

要是回去了，那麼離塵他……

「我不能回去。」他抬起頭，目光炯炯地看著藍天遠，堅定地說，「我不會回去的。」

「很棒的眼神。」藍天遠居然笑了，連洛希微也不敢置信地看著他這少有的微笑。「可惜，這由不得你。」

長劍被從背上解下。

「我這次不一定要帶活生生的你回去。」那把劍被一分一分地從劍鞘裡抽了出來，烏黑的劍身沒有一絲光澤。「帶著你的屍體雖然費力一些，不過也無所謂。」

君懷憂的臉上浮現出慌張，他知道藍天遠不是在嚇他，而是真的有殺了他的打算。

「要是你敢碰他一下，我就立刻毀了那部功法。」洛希微突然出聲，臉上一片陰暗。

「你為了他而要脅我？」

不知是不是錯覺，君懷憂只覺得那個人的眼裡閃過一抹寒光。

「不錯。」洛希微拔出腰間的短劍，反手架在自己的脖子上。「我知道我不是你的對手，但要是我死了，這世上就不會有人知道《大逍遙訣》藏在哪裡。我敢保證，你一輩子也找不到。」

那鋒利的劍尖瞬間刺破了他的皮膚，鮮血頓時流淌出來。

「這招以死相脅倒是第一次看見，居然還是為了毫不相干的人。希微，我真是為你感到羞愧。」

「那也仰仗師父你教導有方。」洛希微冷冷地回望著他。

「你現在肯承認我是你師父了嗎？」藍天遠半低下頭，看著自己垂放在身邊的古劍。「既然是我的弟子，那你就應該知道，我說過的話絕不會反悔。」

洛希微齒根一陣緊咬，直到舌尖嘗到了自己的血味。

「你真的要這麼做？」他看著藍天遠，眼睛泛起了凌厲的光亮。

藍天遠抬起頭，手腕一轉，長劍直指而來。

「走！」洛希微把君懷憂托上馬背，轉身迎上了那片鋪天蓋地的劍光。

君懷憂知道洛希微只能撐上片刻，絲毫不敢猶豫，一拉韁繩，便往另一個方向飛馳而去。

不過片刻，急馳中的君懷憂就感覺到不對。他側過頭，赫然看見了藍天遠稜角分明的面孔近在眼前。

他一時驚嚇，整個人往另一邊傾斜過去。馬兒一個顛簸，他再也拉不住韁繩，整個人往馬下墜落。就在他以為自己要摔倒在地而緊閉眼睛的時候，領口頓時一緊，整個人完全地靜止下來。

從急速的運動中猝然停下，那種不適感讓他胸口發悶，眼前更是一片漆黑。

一切就如電光石火，馬蹄聲在耳邊遠去，等他再次看清東西的時候，他發現自己被藍天遠一把拎在手上。他急忙轉過頭，這才發現自己其實已經跑了不短的距離。

「洛希微……」他發現自己的聲音帶著顫抖。

「你放心，他還沒死。」藍天遠回答他，「我早就說了，他是不自量力。」

他深深地看著藍天遠。

「你是個不凡的人物。」藍天遠說，「只可惜，你還是選了這條道路。我也對你說過了，你這次回來，應該懷著『死亡』的覺悟。」

君懷憂順著藍天遠的目光轉頭看了過去。

千軍萬馬，戰鼓聲聲。

他遠遠看著，幾乎覺得自己已經看到了黑色帥旗下那張志在必得的容貌，他心裡一痛，慢慢地閉上了自己的眼睛。

最後的一戰終於開始。

君懷憂站在窗前，任由天邊的火光映紅了自己的雙眼。

昏暗的夜色裡，這座城池像在燃燒。

「不出三天，這座皇城就會落到他的手裡，就算我能逃到北方，想要復位也是絕對不可能。」在他的身後，身著龍袍的男人這樣說，「所以，城在我在，城破我死。」

君懷憂半垂下眼簾，沒有接話。

「我第一次見到他的時候，還是個十歲的孩子。那時他接替他師父的位置，成為歷來最為年輕的國師。說實話，那時候我對他是懷著崇敬，我總是想著，總有一天我也要成為他那樣的人。可是沒想到，現在竟然會演變成這樣的結局。」

「你恨他。」君懷憂半側過頭，睫毛在眼眶下投下一片陰影。

「當你幼年時的榜樣，成為懷著野心搶奪你東西的仇人，你會不恨他嗎？」年輕的天子笑吟吟地說著，彷彿絲毫不在意城牆外連天的戰火。

「你的確有恨他的理由。」君懷憂點了點頭，「你這麼做無可厚非。」

「就像他們一直在說的，你的確與眾不同。不管是誰在你的面前，都會不自覺地把最軟弱的地方暴露出來。」皇帝的眼裡閃過激賞，「怪不得君離塵那樣的人，也會因為愛上你而患得患失。」

君懷憂渾身一震。

「很驚訝嗎？其實只要有心，這世上就沒有什麼祕密。何況君離塵表現得那麼明顯，明顯到都讓我懷疑是不是真的。」皇帝走到他的身邊，以一種奇特的目光看著他。

「我和他之間，也不是你想像中的那樣。」知道已是最後關頭，君懷憂分外平靜地說。

「我知道你是聰明人，也一直都很欣賞你，所以我破例放了君家一條生路。明日一早他們就會順利前往扶桑，遠遠地離開這個危險的地方。」

君懷憂聞言，心頭巨震。

好半晌，他才擠出一絲苦笑：「原來，我們的一舉一動你都瞭若指掌，那還真是多謝你願意放君家一馬。」

「你先不要謝我，放他們走是因為他們對我沒什麼用處。而且把韓赤葉逼上絕路，我也絕對討不到什麼好處，我只要留下你就已經足夠了。」

「那清遙呢？既然我現在已經在這裡了，你是不是願意把清遙送去碼頭？」君懷憂問。

「你放心，這麼多年以來，他與我情意甚篤，無論如何我都不會傷了他。我可不像他一直掛在嘴邊的慈父，會在他最危險的時候將他捨棄。」

「我勸你立刻把他送走，我不希望他看到將要發生的事情。」那個孩子雖然看似堅強，實則單純耿直，定然無法承受接下來將要發生的事情。「清遙是個心思單純的孩子，如果你真的把他當成朋友，就不應該這麼傷害他。」

「作為父親你實在太過寵溺自己的孩子，不讓他經歷世上的風雨，他又怎麼能真正地成長呢？」

君懷憂長長地嘆了口氣。

「願你不會後悔。」他輕聲地說，目光堅定地看著這個似乎掌控了一切的帝王。

皇帝的眼睛裡飛快地閃過一絲動搖，但那絲動搖來去太快，就像從未出現過一樣。

「你大概沒有想過，最後一刻，會是我在你的身邊。」皇帝走到桌邊，為他倒了一杯酒，「七日斷魂本來就是宮中祕藥，它的好處是你並不會有什麼痛苦，連死了以後，身體也能宛如活著的時候一樣，柔軟而溫暖。」

君懷憂看著眼前清透的玉杯以及無色的酒液，覺得有些荒謬：「你是看在我就要死了的分上，讓我走得安心一些嗎？」

皇帝只是笑笑，沒有出言反駁。

君懷憂也笑了，他接過那杯酒，輕聲地說：「花非花，霧非霧，夜半來，天明去。來如春夢不多時，去似朝雲無覓處。」

他仰起頭，在皇帝的注視之下喝完了那杯酒。

他慢慢地坐下，坐進了窗前的椅子裡，眼睛依舊看著天邊的火光。

「離塵……」他輕聲地喊著這個名字，「君離塵。」

心中在這一刻平靜得連他自己都覺得驚訝，沒有什麼一生的片段閃過腦海，唯一能夠想的起來的，是君離塵溫柔的眉眼。

你既然說了，一生一世，不棄不離，那麼，把你的心給我，對我不棄不離，好嗎？懷憂。

終有一天，你只能陪伴在我的身邊。我絕不會再讓你逃走，你只能在我的身邊……

「好。」他微仰起頭，輕聲地答應了，「離塵，我答應你，生生世世，不棄不離。」

慢慢地有了些倦意，他閉上眼睛，酒杯順著指尖跌落到地上。耳邊似乎有人說話，但他已經聽不清楚，也不想再聽。

那聲音越來越輕，直到最後，一切歸於沉寂。

他知道，自己死了。

「嗨。」

玻璃門從外面推開，探進來一張大大的笑臉，櫃檯後面的人抬起頭看了看，又把頭低了下去。

「阿秋人呢？」沒看到要找的人，她的笑臉立刻垮了下來。

「他在倉庫裡面。」櫃檯後面的人回答她。

她立刻重新振作精神，往倉庫前進。

「秋哥。」一看見商品架前站著的救命稻草，她迅速地撲了上去。

「幹什麼？」那人淡淡地問了一句，任由她掛在身上，繼續擺放著手上的東西。

「厲秋。」她眨著長長的假睫毛，「救救我。」

「我不是在電話裡說過了嗎？」厲秋拿下了鼻梁上的眼鏡，揉了揉眉頭，「何曼，我不想插手這件事。」

「不行，現在只有你能救我了。」何曼雙手合十，虔誠地向他一拜。「你是我的救命恩人。」

「妳都二十七歲了，如果找到合適的人是應該好好考慮，把相親的男人一個個嚇跑真的這麼有趣嗎？」

「你看看我的相親對象，都是一群色狼白痴自戀狂，哪有令人滿意的？」

何曼苦著臉對他說，「但凡能找到一個還可以的，也就算了。」

「妳不覺得自己也有問題嗎？」厲秋戴回眼鏡，繼續整理貨物。

「我有什麼問題？」何曼根本沒聽進去，隨口就說，「不過你說的對，總是找麻煩也沒什麼樂趣，我已經有點膩了。不如，我們結婚吧。」

厲秋一把抓住架子，差點跌倒。

「你這是什麼意思？」何曼挑著眉毛，「你能娶我不知道有多幸運，怎麼可能是這種反應。」

「我無福消受。」厲秋比出住嘴的手勢。「而且這些話讓大姐聽到了，肯定會要了我的命。」

「我看你是怕你家小蝴蝶哭死吧，男人果真沒良心。」何曼趴在架子上，假裝一臉痛苦，「有了新歡，就不要舊愛了，我命好苦……」

「妳少來這套。」厲秋被她煩得頭昏腦脹。「這關赤蝶什麼事？我警告妳，別總是在她面前胡說八道，妳都把她惹哭多少次了？」

「我就是不喜歡她，怎麼樣？」何曼哼了一聲，嘴裡又碎念了幾句。

「妳說什麼？」厲秋從架子上拿了一個盒子下來，心不在焉地問道。

「秋哥。」何曼抓著他的衣服，努力裝出可憐的樣子。「最後一次，今天是最後一次麻煩你了。」

「我不會去的。」厲秋努力甩開她。「如果妳不喜歡相親，就應該和大姐好好說清楚。」

「那也要能溝通啊。」何曼的臉扭曲了一下。「厲秋，上次是我的錯。這次我保證不會在小蝴蝶面前亂說話了。」

「妳的保證早就不值錢了。」厲秋沒好氣地說，「大門在那裡，不送。」

「厲秋，你這可惡的傢伙，我詛咒你出門撞……」說到這裡，她猛地停了下來。

厲秋莫名其妙地看著她。

「撞到鬼。」何曼眼珠一轉，接著罵完。

她臉上凶狠，心裡卻打了自己十七八次耳光。

差點就說錯話了，萬一又……這一次，自己的頭真的會被厲家那群女人擰下來。

還好及時改口，一大清早的容易出車禍，總不可能撞鬼了吧。

厲秋搖了搖頭，抱著盒子往外面走，何曼自知理虧，也鼓著臉頰跟了出來。

「秋。」正站在櫃檯裡和別人說話的少女抬起頭，秀美的臉上帶著溫柔淺笑。

「赤蝶，妳怎麼來了？」厲秋快步走了過去。「不是說不太舒服嗎？為什麼還到處亂跑？」

「我沒事，覺得無聊就來等你下班。」長長的白色紗裙讓她的臉色有些蒼白，卻也襯托了她身上那種不食人間煙火的氣質。

看著厲秋和小蝴蝶你儂我儂，何曼忍不住翻了個白眼。

看來今天沒希望了。她撇撇嘴，往門外走去。

才剛走出櫃檯，她卻差點被什麼東西絆倒。

「咦？小鬼，你站在這裡幹什麼？」何曼瞪著在櫃檯外面站著的小孩。

「姐姐。」看起來才七八歲的孩子長得十分可愛，仰起頭對她笑著說，「我在外面撿到了這個。」

何曼從他手裡拿起一樣東西，在眼前晃了晃：「這是什麼？」

她轉過身說道：「阿秋，有個小鬼撿到東西了。」

厲秋和小蝴蝶一起看了過來。

「好像是玉呢。」何曼把那東西拿在手上晃來晃去，「說不定還是古董。」

「砰」的一聲，厲秋手上的紙盒掉到地上，各式各樣的筆滾落一地。

他卻沒有彎腰去撿，甚至連看都沒看一眼，而是慢慢地走了過來，幾乎是從何曼手裡搶過了那條紅繩繫著的玉墜。

「在哪裡撿到的？」他輕聲問那個孩子。

「大廳門口啊。」那孩子笑著回答。

下一刻，厲秋瞬間衝了出去。

「阿秋？你這是……」何曼話還沒問出口，就感覺一股力道猛地撞了過來。

還好她反應迅速地避開了，但才剛站穩抬起頭，只見一道白色的身影也已經消失在門外。

「你們搞什麼啊？」何曼目瞪口呆，完全搞不清楚狀況。

厲秋跑到大廳，四下張望，然後又衝出大門。人來人往的大街阻隔了他的視線，他的臉上浮現出迷茫、慌亂和焦急的神色。

突然，在街道對面，有一個正彎腰走進車門的背影吸引了他的視線。

他的心臟猛地一震，目不轉睛地盯著那個背影，等待著對方轉身的剎那。

偏偏這時候，眼前的一切突然模糊起來，他用力甩了甩頭，但暈眩的感覺卻更加嚴重。

他往前走了幾步，靠在路燈上，努力想要看清那個人的相貌。

但黑暗還是籠罩了他的視線，他踉蹌一下，然後直挺挺地摔倒在地。

「阿秋！」何曼跑出大門，看見厲秋倒在地上，急忙跑過來扶他。「你怎麼了？別嚇我啊！」

靠在她懷裡的厲秋緊閉著眼睛，她慌亂地抬頭，找到了那個比她更早追出來的人。

「韓赤蝶，妳到底在幹嘛？」何曼高聲喊道，「快叫救護車啊！」

韓赤蝶那張柔美的面容上一片死白，她對何曼的喊叫毫無反應，眼睛緊緊地盯著厲秋緊握的手掌。

血紅色的絲線從掌心延伸出來。紅線上，繫著一塊玉。白色的玉石鐫刻著繁複的花枝，在陽光下晶瑩剔透。

花枝纏繞之間，隱約有著字跡。

大街上因為意外而有了些騷動。

「先生，對面好像出事了。」司機回過頭問，「我們是不是繞路走？」

後座上的人簡單地點了點頭，隨著這個動作，他束起的長髮有一縷隨意地落到身前，那頭髮烏黑發亮，閃爍著淡淡的光華，煞是美麗。

車子向前駛去，他無意識地從車窗看了對面一眼，只見許多人圍在那裡，於是不太在意地收回目光。

車子很快融入了車流之中，往相反的方向漸行漸遠。

南柯奇譚
NAN KE
QI TAN
第九章

「秋。」

「怎麼了？」突然被拉住的他停了下來。

「你看，好漂亮呢。」他身邊的女伴對著櫥窗驚嘆著。

他看了過去，看見一對樣式簡單高雅的鑽戒。

「妳喜歡嗎？」他微笑著問。

「嗯。」她點了點頭，「我們就買這一對吧。」

「好啊。」他拉著她的手，走進了那家珠寶店。

拿到戒指之後，他細心地為她套上那只女式戒指，笑著問：「妳喜不喜歡？」

他長得不算特別出色，和他身邊的女伴在一起，完全就是公主和路人的組合。

但他笑起來之後，讓本來覺得這一對情侶根本不相配的櫃檯小姐，突然心跳快了好幾拍。

「就買這一對吧。」漂亮的公主抬頭說著，精緻的臉蛋上洋溢著幸福。

櫃檯小姐突然之間有點嫉妒起來，她也覺得這種嫉妒來得莫名其妙，她剛才明明還在為公主可惜。

「好。」那看似路人的清秀男生轉過頭，臉上的笑容還沒有收起來。「麻煩妳了。」

「喔。」剛才還舌燦蓮花的櫃檯小姐，不知道為什麼看起來有點沮喪。

「剛剛的櫃檯小姐有點奇怪呢。」走出珠寶店之後，她意有所指地說。

「是嗎?」他回想了一下。「大概是我們沒有買她推薦的款式吧。」

她笑了笑，不打算告訴他他去付錢的時候，那個櫃檯小姐曾經一臉嫉妒地向她打聽他們的關係。

「嗯，是吧。」她勾著他的臂彎，整個人用力地靠著他，讓兩個人在街上走得歪歪斜斜。

「妳啊。」他無奈地說，只能任由她撒嬌似的舉動。

「我們就要結婚了呢。」

「是下個月，怎麼了？」他低下頭，笑著問。

「我覺得害怕……」她輕聲地說，「就像做夢一樣。」

「赤蝶。」他停了下來，「妳最近怎麼了？總是說些傻話。」

「啊。」她飛快地搖頭，「不是，我只是有點緊張。」

「對了，妳等我一下。」他回頭看向剛才經過的便利商店，「我答應幫姐夫買一份報紙過去。」

「好啊。」她乖巧地答應了。

事情就是這樣發生的，他回頭去買了一份報紙，而她站在原地等待，然而當他拿著報紙轉過身，微笑卻僵在他的唇邊。

不過離他身後幾公尺的地方，原本應該在那裡等待的人卻不見了。

地上還擺著她原本提在手上的購物袋，可是她卻不見了。

「赤蝶！」他衝了過去，四下張望著，「赤蝶，赤蝶！」

路人用看瘋子一樣的眼神看著他，他卻恍似不覺地拉著每一個人追問他們。

「厲先生。」

就在這個時候，他身後傳來了一個聲音。

他飛快地轉過身。

一個穿著黑色西裝的男人站在他的身後，朝他深深地一鞠躬。

他愣住了。

「厲先生。」那個男人遞給他一個信封。

他飛快地打開，從裡面抽出一張散發著淡淡香氣的信紙，而那上面只寫了一句話。

「這是……」厲秋抬起頭，卻驚愕地發現那個穿著黑西裝的男人轉眼之間已經不見了。

就這樣，在四月春日繁華的市區，他弄丟了他的準新娘，丟得如此突然又離奇。

厲秋提著簡單的行李，一臉驚訝地看著眼前的古樸大門。黑底金字的門牌上，寫著「月川」兩個字。

他剛出機場，就被一輛黑色的轎車載到這裡。

「月川……」他輕輕地念了聲。

好熟悉的姓氏，好像在哪裡聽過。

「請進吧，厲先生。」門口穿著黑色西裝的男人看他遲遲不動，做出了邀請的手勢。

他點了點頭，懷著忐忑不安的心情踏進了高高的門檻。

首先令他吃驚的，是這座宅院的布置，和古老日式外牆所能聯想到的完全不同，這座宅院的布置，居然帶著極為濃厚的中式風情，有飛簷和青瓦，搭配著寬闊迴廊，看似格格不入，卻又有一種奇異的協調感。

他在紅漆的拱橋上停了下來，微風吹過，帶來一陣櫻花雨。

他的眼神迷離起來。

「厲先生？」領路的人喊他。

「啊。」他回過神，因為自己的失態而覺得懊惱，他可不是來這裡觀光的。

跟著那人，他踏進了一間空曠的和室。

「先生，厲先生到了。」領路的男人深深地鞠躬。

這時，厲秋才看清楚，在和室正面對著牆壁的地方，坐著一個人。

那個男人背對著他，端坐在屋子正中間，面前放了一張矮桌，像是正在喝茶。

厲秋站在門口，疑惑地看著這個男人筆挺的背影。

「你就是厲秋？」那個男人說了一句字正腔圓的中文。

「是的。」厲秋回答。

「請進來吧。」男人指了指自己對面的位子。

厲秋走了進去。

他走到那個男人面前，才看清男人的長相。不是他以為的凶神惡煞，相反，這個男人長得斯文俊美，風度翩翩。

「請喝茶。」男人把手中的茶碗遞了過來，厲秋只能伸手接住。

「我叫月川紅葉。」那個男人看著他。「你應該聽說過我的名字吧。」

是的，厲秋已經想起來他為什麼會覺得「月川」這個姓氏讓他感到熟悉。

月川家不但是舊王朝時代延續下來的貴族，而且由月川掌權的「天下集團」，在國際上也是數一數二的財閥。

月川紅葉是月川這一代的繼承人，也就是「天下集團」的現任領導者。

「不知道月川先生為什麼要綁架我的未婚妻？」厲秋單刀直入地問。

情。

以月川紅葉的身分和地位，居然會公然綁架，怎麼想都是件奇怪的事

「綁架？你說得太過分了，我只是派人把她找回來而已。」月川紅葉低頭喝著茶，平和地回答他，「你應該知道，小蝶個性固執，不用強硬一點的手段，她怎麼肯乖乖回來？」

「你說……」厲秋微微一愣，「你和赤蝶認識？」

這回，輪到月川紅葉皺起眉頭，「你叫她什麼？」

「赤蝶啊，韓赤蝶。那不是她的名字嗎？」

月川紅葉放下手中的茶碗，神色突然凝重起來。

「月川先生。」厲秋追問他，「你和赤蝶是什麼關係？又為什麼要帶走她？」

「韓赤蝶？」月川紅葉的眼睛裡有著厲秋看不懂的深意，「她是這麼告訴你的？為什麼……」

「什麼？」厲秋沒有聽清楚。

「聽說，你想娶她。」月川紅葉開始重新打量這個普通的男人。是的，這個男人實在太過普通了。就算撇開相貌不談，以他目前掌握的資料來看，這個叫做「厲秋」的男人，朝九晚五地在一家商場的失物招領處工作，不過是一個極其平凡的小員工而已。這輩子到過離家最遠的地方，恐怕就是這裡了。但就是因為太普通了，才更加奇怪，

「是的，我們下個月就要結婚了。」

「除了她的名字，你瞭解她嗎？她從哪裡來？有什麼樣的過去？什麼樣的背景？這些你都瞭解嗎？」

「赤蝶她沒什麼親人，經歷也很單純，只是之前因為身體不好，所以大部分時間都待在醫院裡。」

「是嗎？」月川紅葉笑了，「那麼你覺得這是什麼地方？」

厲秋愣住了。

「我告訴你吧。她的本名是月川蝶，是我月川紅葉的妹妹，月川家的大小姐，這些你又知不知道呢？」月川紅葉挑起眉毛看著厲秋，「你以為自己很瞭解她？但你連要娶的人叫什麼名字都不清楚，還來質問我為什麼要找回自己的妹妹，你不覺得很可笑嗎？」

「月川……」厲秋愣在那裡。「她是你妹妹？」

「蝶在離家出走之前，一直住在這棟房子裡，她身體不好是真的，不過我們月川家有自己的私人醫院，沒必要去外面的醫院看病。」

「可是，我們明明是在醫院裡……」

「厲先生，我不知道蝶為什麼要對你說謊，可是我對於自己為什麼要找你，非常清楚。」月川紅葉把爐火上溫熱的茶壺拿下來，又為自己倒了一杯，「很抱歉，婚禮必須取消，你不能娶她。」

「為什麼？」厲秋吃驚地問。

「因為月川家需要蝶，她只能和家族指定的男性結婚。」

「我沒想到，這個時代居然還有這種可笑的事情。」厲秋溫和的眼睛裡醞釀著怒氣，「赤蝶已經是成年人了，她想要和誰結婚是她的自由。我要娶的是韓赤蝶，不是月川蝶。除非她自己不願意嫁給我，否則任何人都沒有權力代替她取消婚禮。」

月川紅葉有些驚訝地看著厲秋。

「你真的這麼愛她？她隱瞞身分，欺騙了你三年，你真的一點也不在意？」

「欺騙？月川先生，我們又何嘗能夠真正去瞭解另一個人呢？你的一生之中，就沒有為了保護自己或保護別人說過任何謊話？我相信，赤蝶有她的理由，只要她是出於善意，就不能稱為欺騙。」

月川紅葉喝著手中的茶，慢慢地說：「你以為自己站在什麼地方？這是京都的月川家，蝶是我唯一的妹妹。以月川家的背景，你覺得自己配得上她嗎？」

「月川先生，你指的是哪一方面？金錢、地位，或者外表？或許在你的眼裡我一項也不合格。可是，你覺得那些東西對於赤蝶來說重要嗎？」

月川紅葉停下了喝茶的動作，從淡淡的水氣中看去，厲秋堅定的神情映入了他的眼底。

這個男人有執著又包容的心，也許蝶真的只是愛上了一個普通人。

「赤蝶。」厲秋輕聲地呼喚著那個蜷縮坐在走廊盡頭的背影。

背影一僵，飛快地回過頭來。

「秋。」那張還帶著淚水的臉上滿是不敢置信。

「是啊。」他微笑著說，「我來找妳了。」

月川蝶跑了過來，一把抱住他。

「秋……」她喃喃地喊著他的名字。「你是來找我的，是來找我的……」

「怎麼了，赤蝶？」他不放心地拉開距離，擔憂地看著她又哭又笑。「出了什麼事？」

「不行，我們要走了，要離開……離開這裡……」月川蝶慌亂不安地看著他，「秋，我們走好不好？」

「可是……」

他還沒說完，就被月川蝶拉著跑了起來。

「赤蝶？」他愕然地被她用力拉著往外跑。

「蝶，妳要去哪裡？」走廊的轉角，月川紅葉的身影赫然站立在那裡。

被他擋住去路，月川蝶只能停下來。

「赤蝶，妳怎麼了？」身後的厲秋也疑惑地問道。

「哥哥，我要走了，我們要走了，你讓我們走好不好？」月川蝶緊緊抓住厲秋的手，讓他有些疼痛。

「為什麼？妳為什麼急著要走？妳為什麼一回來就表現得非常奇怪？」

月川紅葉走了過來。「我說過了，我不是要拆散你們，但妳為什麼還是急著要離開家裡？」

「不是的哥哥，你就讓我們走吧。」月川蝶突然跪了下來，苦苦哀求著他，「你就當做沒有我這個妹妹，好不好？」

兩個人都被她的舉動嚇了一跳。

「赤蝶，妳到底怎麼了？」厲秋蹲了下去，著急地追問她。

「秋，你是我的、我的……你不能留在這裡……不能……」月川蝶把頭埋到他的肩上，臉色一片蒼白。

厲秋不明所以，可是月川紅葉的臉色卻變了，他看著厲秋，回想起月川蝶這幾天怪異的言行舉止，越想越覺得不對。

「蝶。」月川紅葉開口，語氣帶著試探，「他到底是誰？」

月川蝶倒抽一口涼氣。

「蝶。」月川紅葉走了過來，一把拉起月川蝶，強迫她看著自己，「妳告訴我，這個人是誰？」

他指厲秋。

「不是的，不是的，他不是！」月川蝶大聲叫喊起來，「他不是的，不是的，他是我的秋，是我的！」

「啪」的一聲，月川蝶的尖叫戛然而止，臉上浮現出鮮紅的掌印。

「月川蝶。」月川紅葉面無表情地看著她。「妳好好回答清楚，他到底是誰？」

「他不是……」

「妳怎麼敢？妳怎麼敢這麼做？」月川紅葉的眼睛裡浮現出怒火。「我就說妳為什麼叫自己韓赤蝶，為什麼求我不要把他找來，原來……」

「月川先生，你在做什麼？」厲秋抓住了他拉著月川蝶領口的手。「快放開她，你嚇到她了。」

「你……」月川紅葉轉過頭來看著他，臉上的神情複雜到了極點。「你怎麼會……」

「哥哥，他是我的未婚夫，他對我很好，我們下個月就要結婚了。我是你唯一的妹妹，你幫幫我好不好？」月川蝶側著頭，被咬破的嘴角流出血來。

「他答應過我的，他說他願意用來交換，我只要他，我只要他啊。」

「妳在胡說什麼？妳是月川蝶啊，月川蝶！」月川紅葉粗魯地搖晃著她，「妳醒一醒好不好！」

「誰是誰？誰不是誰？」月川蝶把臉轉了過來，她的眼睛裡一片空洞。「我只知道，他是秋，我的秋。和你們一點關係都沒有，只是愛上我，只愛著我的秋。」

「我不能容許，妳太過分了，我要告訴……」

「赤蝶！」發覺不太對勁的厲秋剛伸出手，卻意外地看見了一抹冰冷的光。

沒有人能預料會發生這種事。

月川紅葉鬆開手，轉而捂住自己的腹部，鮮血從他的指縫裡流淌出來，他一臉的難以置信。

尖銳的水果刀從月川蝶顫抖的手心滑落下來，落到了走廊的木頭地板上。

厲秋第一個反應過來，他扶著月川紅葉軟倒的身體，把他平放在地上，用力壓住傷口。

「赤蝶，叫救護車。」他擔憂地看著月川紅葉迅速失去血色的臉龐，害怕這一刀可能刺中了要害。

「哥哥……」月川蝶也嚇呆了，她木然地看著流淌到地上的鮮血，嘴裡喃喃地說，「對不起，對不起……我也不想的，我不是要……」

「赤蝶，妳別害怕，快找人過來。」

「蝶……」地上的月川紅葉依然意識清醒，「妳為什麼……不能這麼做……」

這時，正好有傭人經過，看見這血淋淋的場面，立刻尖叫起來。

月川蝶也跟著發出淒厲的叫聲，拔腿往外面跑去。

厲秋拉住那個嚇壞的傭人，把他的手壓到傷口上。

「用力壓住。」他交待著，「我去找人過來。」

說完，他也跟著跑了出去。

「赤蝶！赤蝶！」

在找人叫了救護車後，厲秋追著月川蝶一直到了大門，他也不管滿手的鮮血，生怕月川蝶會出什麼意外。

「妳快點停下來，沒事的。」他在月川蝶身後大聲叫著。

月川蝶卻像什麼都聽不見一般，往前跑著，門口站著不少人，月川蝶用力推開他們跑了出去。

厲秋也跑了過來，他腳步匆忙，沒有注意到門口被人遮住的門檻，等他發現想要提腳跨過去的時候，已經為時已晚。

被絆住而失去平衡的他，本能地想要抓住什麼東西穩定自己的重心。

還真的被他抓住了。在他以為自己就要摔下臺階的那一刻，他的手本能地抓住了身邊最近的人。

已經跑下臺階的月川蝶突然停了下來。

厲秋的膝蓋跪在門檻上，幾乎是半趴在那個人身上。他仰起頭，看見了一頭漆黑的頭髮。

那些長長的泛著美麗光澤的黑髮，輕柔地落到了他的臉上。

在這黑髮之後，是微微向上挑起的眼角，飛揚的眉毛，然後是一雙眼睛，充滿了冰冷情緒的眼睛。

這雙眼睛，這種氣息，還有這種感覺……為什麼會覺得……

「秋。」

月川蝶輕輕地喊了一聲，讓他的恍惚一掃而空。

厲秋轉過頭，看見她站立在臺階下，臉色慘白地看著自己，眼淚從那雙充滿恐懼的眼睛裡滑落下來。

她在一步一步地往後退。

厲秋急忙站了起來，匆匆忙忙地說了一聲「對不起」，然後往臺階下跑去。

「赤蝶。」他伸出手，想要抓住月川蝶。

「赤蝶？」他聽見自己身後有人重複著這個名字，「韓赤蝶？」

他看見赤蝶像是被什麼非常可怕的東西嚇到了一樣，整個人飛快地往後退了幾步。

這幾步讓她退到了馬路上。

「赤蝶！」厲秋追了過去，想要把她拉回來。

可惜，他的動作不夠快。

下一刻，他眼睜睜地看著月川蝶被一輛呼嘯而過的摩托車撞飛了出去。

「赤蝶！」厲秋只愣住了一剎那，他飛快地跑了過去，一把抱起躺在地上的月川蝶。

月川蝶的額頭被撞出了一道很長的傷口，鮮血迅速地湧了出來，順著她蒼白的臉流淌，看起來觸目驚心。

「秋……」月川蝶顫抖著嘴唇，叫著他的名字。

「赤蝶，妳覺得怎麼樣？」他把月川蝶抱到懷中，有些緊張地說，「救護車就要來了，妳堅持一下。」

「秋，你是我的，你不會離開我的，對不對？」月川蝶有些不太清醒地說，「要留在我身邊……你答應過我的……你說，什麼都願意的……」

「我就在這裡啊。」厲秋用衣袖幫她擦拭著臉上的鮮血和淚水。「我哪裡都不會去的，妳忘了我們要結婚了啊。」

「對。」月川蝶虛弱地朝他微笑，「秋，你會娶我的，對不對？」

「我會娶妳的，一定會的。」厲秋對她保證。

救護車很快就到了，傷患被簡單包紮後便抬上了救護車。在跟上車前，厲秋回頭看了一眼。

門邊，已經沒有了那個人的蹤影。

南柯奇譚
NAN KE
QI TAN
第十章

厲秋疲憊地坐在病床前，揉著隱隱作痛的額角，從昨天開始，他就沒有閉上過眼睛。

月川蝶雖然沒有想像中傷得那麼嚴重，但被刺中內臟而大量失血的月川紅葉還在搶救。

他看著月川蝶慘白荏弱的樣子，一時沒辦法把她和那個用刀刺向兄長的凶狠模樣連繫在一起。他所認識的赤蝶，是一個善良溫順的女孩子，那她為什麼會那麼做？這個問題，直到現在依舊困擾著厲秋。

他疲憊地閉上眼睛，靠在椅背上。

腦海中閃過了在月川家門前，赤蝶被車撞飛出去的那一幕，然後他的眼前，又出現了那個男人，長長的頭髮，上挑的眼睛，帶著一絲漠然的神情。

不知道為什麼，他的心裡隱隱約約泛起了酸澀。

明明是不認識的人，那麼陌生，從來沒有見過的人……

「秋……」

他飛快地睜開眼睛，看見病床上的月川蝶已經轉醒，正看著自己。

「赤蝶。」厲秋俯首到她身邊，微笑著說，「妳醒了？」

「秋。」月川蝶看著他，眼淚又流了下來。

「妳別哭啊，別擔心，已經沒事了。」厲秋安慰著她，「妳渴不渴？我倒一點水給妳。」

「哥哥……」

「沒事了，很快就會好了，妳不要擔心。」

「秋……我好害怕……」

「別怕，我在這裡呢。」厲秋溫柔地笑著，用手指梳理她凌亂的頭髮。

看見她這麼驚慌，讓他有點不忍起來。

「妳感覺好一點了嗎？」身後，突然傳來聲音。

厲秋嚇了一跳。

不知什麼時候，病房最裡面靠窗的位置上，站著一個穿白色醫生袍的男人，陽光照在那人可愛的臉上，讓他看起來親切又無害。

這個人是什麼時候進來的？

「舒醫生。」床上的月川蝶怯怯地喊了一聲。

那個男人慢慢地走了過來。

他長相可愛，人也不算很高，乍看之下就像是十八九歲的高中生。厲秋卻注意到，他胸前的名牌上寫著「院長」的字樣。這個看起來像高中生的男人，難道是這間醫院的院長？

「厲先生。」他沒有走到床邊看月川蝶，反而在厲秋面前停了下來。「你好，我是舒煜，這間醫院的負責人。」

「你好。」厲秋點點頭，握上他伸出來的手。

「這是……」舒煜的眼光落到了他的手腕上。

「啊。」厲秋這才發現自己袖口的釦子鬆開了，「我幾年前出了車禍，是那個時候受的傷。」

「傷口很深啊。」舒煜看著他手腕上那幾條嚴重的傷疤。

「左手幾乎斷了，不過復健得還算成功，只是不能太用力。」覺得舒煜一直拉著自己的手有點奇怪，不過別人不肯放手他也沒什麼辦法。

「是嗎？」舒煜抬高視線，厲秋這才發現他的眼睛和髮色一樣都是淡褐色，讓人覺得極為深邃。「厲先生，你是不是曾經接受過……」

「舒醫生。」月川蝶叫了一聲，打斷了舒煜的問題。

「月川小姐。」舒煜轉過頭，笑著問，「妳感覺好些了嗎？」

「舒醫生，我哥哥……」

「月川先生啊。」舒煜笑容不變地回答她，「那一刀差點刺中肺葉，要是再晚一兩分鐘送來，他就死定了。」

月川蝶的臉色更加陰鬱起來。

厲秋知道她在自責，連忙拉著她的手說：「沒關係，妳哥哥一定會醒過來的。」

舒煜笑吟吟地說：「我會盡力救治月川先生，不過，情況的確不太樂觀，要是他再也醒不過來的話，我也沒什麼辦法。」

厲秋沉重地點了點頭。

「月川小姐只受了點外傷，明天就可以出院了。」

月川蝶猛地撐著床坐了起來。

「不，我不要出院！」她有些激動地說，「我不要回去！」

「這個恐怕不行呢。」舒煜一臉人畜無害的笑容，「剛才月川家派人通知我，要盡快把妳送回去，這是『君先生』的意思。」

在「君先生」這三個字上，他特意加重了語氣。

「赤蝶，妳怎麼了？」厲秋連忙扶住看起來快要暈過去的月川蝶。

「不要……不要回去……」月川蝶喃喃地說，像是受到了什麼刺激。

「沒什麼的，妳不要害怕。」厲秋安撫完她，回頭看向舒煜，「舒醫生，那個君先生是什麼人？」

「很抱歉，厲先生。」舒煜聳了聳肩，一臉無奈。「這是月川家的家事，我不太方便告訴你。」

「那他在哪裡，我去跟他說。」

「他就在……」

「秋。」月川蝶的聲音傳了過來。

「赤蝶，妳躺一會吧。」厲秋微笑著說，「我去跟那個人說，讓妳在醫院多住幾天。」

「不行，你不能去。」月川蝶的臉色雖然還是十分難看，不過她的眼神清醒起來。「我會回去的，我一個人回去。」

「什麼？」厲秋驚訝地問。

「秋，你離開京都好不好？」

厲秋完全愣住了。

「為什麼，赤蝶？」厲秋看著她的眼睛，「我知道妳現在心裡很亂，可是妳什麼都不告訴我，在這個時候還要我離開妳的身邊？」

「不是的，你不明白。」月川蝶咬著下唇。「君……那個人他不會對我做什麼，我知道你擔心我，可是我……」

她回望著厲秋，神情裡有一絲畏縮。

「赤蝶。」厲秋不解地問，「妳有什麼事情瞞著我嗎？」

「沒有。」月川蝶慌亂地搖了搖頭。

「不管妳怎麼說，總之我不會走的。」厲秋鄭重地下了決定。

說完，他緊緊地皺起眉頭。

為什麼？她到底是月川蝶還是韓赤蝶？為什麼原本決定攜手的伴侶會讓人覺得……如此陌生？

半夜，厲秋始終無法入睡，最近讓他感到困擾的事情實在太多了。

他輾轉反側，最終還是從舒適的被窩裡鑽出來，走到庭院裡發呆。

今天上午他們回到了月川家，剛進門赤蝶就被人找了過去，說是「君先生」要單獨見她。

她走的時候臉色很差，就像隨時隨地都會暈倒一樣，這讓厲秋十分擔心。等了很久，她終於回來了，雖然臉色依舊蒼白，但她的心情居然好了起來，還拉著他不停笑著。

雖然這麼形容可能不太恰當，但赤蝶一前一後，就像死刑犯上了刑場然後突然被赦免了一樣。

而自己每每想問出口的問題，一看見她忽然驚慌失措的模樣，只能努力吞了回去。

厲秋長長地嘆了口氣，用力揉了揉眉心，這幾天實在讓他神經緊繃。

這時一陣和風吹來，月光裡櫻花像飛雪一樣飄灑下來。

眼前美麗的景色，讓厲秋的心情稍稍平復，在這萬籟俱寂的深夜，他才體會到為什麼日本人這麼喜歡在月下賞櫻。

他閉上眼睛微仰起頭，突然產生了一種懷念的感覺。

他總覺得自己在什麼時候，也曾經這樣，在半夜裡，像個傻瓜一樣站在櫻花樹下對著天空發呆？

想到這裡，他忍不住笑了起來。

「懷憂……」

當厲秋聽到這個聲音的時候，一股溫熱的氣息已經環抱住了他。

他睜開眼睛，發現自己被人從身後擁在懷裡，長長的頭髮落在自己的肩上，那些烏黑的髮絲在月光下閃爍著美麗的光澤。

那個人緊緊地抱著他，把頭埋在他的肩窩，他幾乎能感覺到那個人急促的心跳和凌亂的氣息。

厲秋張開嘴，卻發現自己發不出任何聲音。

「懷憂。」那個人輕聲地喊著這個像是名字的詞語，「懷憂……」

懷憂……懷憂……懷憂……

這樣的字句在他的腦海裡翻騰，一陣刺痛感襲上厲秋，他突然一陣暈眩，雙腳一軟，整個人往地上倒了下去。幸虧身後的那人一把攬住了他的腰，他才沒有摔倒。

「誰？」厲秋轉過頭，一臉疑惑地問，「你是誰？」

在看清楚他長相的那一刻，那人就鬆開手後退了幾步。那張臉上的表情，先是驚訝，然後是迷惑，最後變成了陰鬱。

這個從後面抱住自己的人，不就是那天在大門前撞到的人嗎？

這陣頭痛來得突然，也去得突然，這個時候，他居然一點也不痛了。

厲秋站穩後，小心翼翼地看著眼前舉止怪異的男人。

「請問……」

「離塵。」

「秋。」

就在厲秋想要開口詢問的時候，身旁同時傳來了兩個不同的聲音。他轉過頭，看見了赤蝶，還有另一個人……

一個英俊又年輕的男人。

「嗚！」厲秋捂住額頭，覺得那種尖銳的疼痛又回來了。

「秋。」月川蝶跑了過來，一把扶住他，「你怎麼了？」

「我不太舒服……」他半低著頭，臉上一片慘白。

「我們回去吧。」月川蝶的臉色也不比他好上多少。

「等一下。」看見月川蝶扶著厲秋準備離開，先前抱住厲秋的那個人皺著眉問，「他是誰？」

「他是……我的未婚夫。」月川蝶像是很怕這個人，帶著一絲顫音回答問題。

「赤蝶。」厲秋靠在她的肩上，痛得快要暈過去了，「我的頭好痛……」

「怎麼了？」那個和月川蝶一起來的男人走了過來，「還是找醫生吧。」

「不用了。」月川蝶拔高聲音。

意識到自己的失態，她輕聲補充著：「他過一陣子就會好了……」

這個時候的厲秋，已經有些意識不清，他半睜開眼睛，眼前那張年輕俊美的臉孔像尖針一樣刺進了他的眼底。

「你是誰……」他不知哪來的力氣，推開了月川蝶，把那張臉拉到自己面前，「你……」

「我叫懷憂……」那人被他狂亂的樣子嚇壞了，便開口回答他。

「不是。」厲秋猛然一震，幾乎是無意識地說著，「不是的……」

「秋，你在說什麼？」月川蝶拉住他的手臂。

「好痛……」因為他的用力，那人輕呼了一聲。

厲秋突然覺得手腕一緊，被一股力道硬生生拉扯到了一邊。

抬起頭，他看見了一雙陰鬱的眼睛。

「你在做什麼？」那雙眼睛的主人問著他，帶著冰冷的怒火。

「君先生。」月川蝶懇求似地說著，「他只是生病了，不知道自己在做什麼。」

「真的結束了……一切……」厲秋的臉上，卻帶著笑容，「南柯一夢、南柯一夢……」

那笑容竟是如此地淒然，如此地慘烈，如此地……絕望。

「你醒一醒。」月川蝶抱住了他，「秋，你別這樣。」

「南柯一夢……」他嘴裡喃喃念著，「為什麼只有我，只有我……醒了過來……」

他的眼神空洞無神，他張著這雙空洞的雙眼慢慢地往後仰倒，一滴眼淚也流不出來。

「你醒了嗎？」

厲秋張開眼睛，先看見天花板上反射著的粼粼水光，側過頭，便看見了有著淡褐色眼睛的舒煜。

「我……」他覺得自己的聲音沙啞得不像話，「這是……」

「你發高燒，挺嚴重的。」舒煜笑著說，「把我們的大小姐嚇壞了，半夜硬是把我從被窩裡挖出來。」

「赤蝶……」他清了清喉嚨，「真是不好意思。」

「沒什麼，不過你的身體真的不太好，什麼時候到醫院做個全身檢查吧。」舒煜把醫療用具收進包包。「你最近一直失眠吧，我開了安神的藥物給你，讓你可以好好睡一覺。」

「自從幾年前出了車禍之後，我就一直睡不太著。」他試著坐了起來，靠在床頭上，微笑著說，「檢查不出是什麼病症，平時只能服用安眠藥，不過最近醫生說我可能有藥物成癮，所以我正試著戒掉。」

「長期失眠可不是什麼小事。」舒煜幫他在後面墊了幾個枕頭。「我找個時間幫你做詳細檢查吧。」

「赤蝶她……」

「你睡了兩天，她身體也不太好，可還是堅持守著，剛剛被我趕去休息了。」

厲秋點了點頭。

「厲先生。」舒煜站在床頭看著他，「我想問你一個問題。」

「什麼？」

「你還記不記得，前天晚上暈倒之前的事。」

「暈倒……我記得我的頭很痛，然後赤蝶過來扶我。」厲秋回憶著，「後來……我就暈倒了吧？」

「嗯。」舒煜富有興味地點了點頭。

「怎麼了？」

「不，沒什麼。」舒煜笑著回答，「我只是問問。」

「舒醫生。」這時，門口出現了穿著和服的傭人，「君先生找你。」

「好的，我這就過去。」他轉頭對厲秋說，「太上皇召見，我要去一下。」

「舒醫生。」看見他要走，厲秋喊住了他，「這位君先生到底是什麼人？」

「咦？你們不是見過了嗎？」舒煜驚訝地反問。

「見過？沒有啊。」

「怎麼可能，前天你在庭院裡暈倒，他不是也在場嗎？」

厲秋一愣。

「那個長頭髮的怪人，就是君先生？」他吃驚地問。

「不然呢？」舒煜苦笑，「我奉勸你一句，如果你想娶大小姐的話，還是不要招惹那位太上皇。在這裡，他說的話就是聖旨。」

「他究竟是什麼人？」

「這個人啊，是個可怕的暴君。」舒煜一本正經地說，「幸虧他還不想毀滅世界，你和我才能好好地活著。」

留下目瞪口呆的厲秋，舒煜笑著走了出去。

厲秋低下頭，不經意地看見了自己左手腕上的傷口。

這些年來，他恐怕是第一次這麼仔細地看著這個傷口。傷口醜陋猙獰地盤踞在他蒼白的皮膚上，他似乎能夠回想起鮮血不停從身體裡流淌出去的感覺，鮮血伴隨著生命一起流淌出去，慢慢地消失……

「秋！」

他猛地回過神來，看見站在門口的月川蝶。

「你在做什麼？你在做什麼？」月川蝶瞪大了眼睛看著他，整個人不停發抖。

他這才感覺到疼痛。

他慢慢地低下頭，看著左手腕上被淺淺劃破的皮膚，還有……右手裡握著的刀刃。

那把原本放在床頭水果籃裡的刀，在他的手心裡閃動著詭異的寒光。

這時，舒煜已經來到了「君先生」面前。

「君先生。」舒煜笑嘻嘻地打著招呼，「您找我啊。」

「坐吧。」君先生坐在窗邊，看著窗外。

舒煜順著他的目光看去，果然看見了那個在池塘邊餵魚的身影。

「紅葉怎麼樣了？」君先生冷淡地問。

「死不了，不過也醒不過來。」舒煜聳了聳肩。

「為什麼月川蝶要殺他？」

「那只有他們兩個人知道了，不過讓我猜的話，應該是大少爺不肯讓大小姐嫁給那個男人，我就說女人有時候真的很可怕。」說到後來，他大聲嘆氣，「好可憐的大少爺。」

「那個人……他怎麼樣了？」

「厲先生？他暫時沒事了。」

舒煜驚訝歸驚訝，還是飛快地回答。

「什麼叫暫時？」

「他常年失眠，身體和精神一直處於緊張的狀態，所以很容易生病。我想這大概是因為他受過很嚴重的心理或生理創傷，所以才會產生這種後遺症。」

「我看過紅葉對這個人的調查，他太普通了，紅葉覺得他配不上月川蝶。」君先生把頭轉向窗外。

「普通嗎？我覺得不是。」舒煜歪著頭，「這個人，初看的確非常普通，不過時間久了，我覺得這個人十分特別，怎麼說呢……他對我笑的時候，也不知道為什麼，就突然嫉妒起大小姐來了。」

「什麼？」

「剛剛他醒過來的時候，特別自然地朝我微笑，當時我就覺得，要是能讓他永遠只對我一個人笑的話，要我做什麼我都願意。」舒煜笑容不變，目光深邃起來，「我想如果我是大小姐，要我為了這個人刺大少爺一刀，我也願意。」

君先生沒有接話。

「我當然是開玩笑的。」倒是舒煜哈哈大笑起來，「我可不想被橫著抬出去。」

「你有沒有這種感覺？」君先生開口問他，「有一樣東西，你覺得哪怕豁出性命也要得到的東西，可是等你千辛萬苦得到了，心裡卻十分空虛。」

「我常常這樣啊。」舒煜順著他的目光看了出去，「人類的本性就是如此。」

「我本以為是失而復得，但也許我睡得太久，都忘了那是什麼樣的感覺。那種如痴如狂，可以捨棄一切求取的……」君先生閉上眼睛，「他手心的溫度，枕在我腿上說話的神情，喊我名字的語調，這些我都記得，清清楚楚地記得，可是我卻……再也找不到了。」

「是什麼讓您想到了這些？」

「今天早上我坐在這裡，有一瞬間我覺得我又找到了那種感覺。」君先生把頭靠在窗框上。「許多年前他應該也是坐在這裡，那個時候他在想些什麼呢？他是不是偶爾也會想起我？那一瞬間我就覺得，他一直在我的身邊，一直都在……」

「他是在啊。」舒煜看著那個越走越近的身影。

「離塵，你睡著了嗎？」

君先生睜開眼睛，看見眼前再熟悉不過的笑容。

「懷憂……」他伸出手，把那個人攬到了自己懷裡。

「怎麼了？」那人驚訝地問。

「這一次，你會一直留在我身邊嗎？」

「我不是一直都在嗎？」

君先生揚起嘴角，把他抱得更緊了一些。

「赤蝶，我也不知道為什麼……」厲秋看著手腕上纏好的繃帶。

「沒什麼，你別在意。」月川蝶把剩下的繃帶捲好，放回了急救箱，「我知道你只是不小心。」

「不，不是這樣的，我也不知道自己怎麼了，這幾天我很奇怪。」他抬頭看向四周，「自從我來到這裡開始，我就覺得很奇怪。」

「你只是太累了。」

「赤蝶，妳看著我。」他拉住月川蝶的手。「妳能不能告訴我，究竟出了什麼事？為什麼突然之間，所有的事都不對了？」

「秋……」

「赤蝶，我可以不在意，我可以告訴自己妳有苦衷，可是我還是希望妳能告訴我。」

「秋，你不覺得這座房子就像監牢嗎？這裡到處都是令人窒息的思念……」月川蝶深深地看著他。「你有沒有感覺到，這裡的每一寸土地，每一塊磚瓦，都寫滿了對已經結束的過去念念不忘的痕跡。我待在這間屋子裡面，就像被迫沉浸在令人窒息的痛苦之中。它時時刻刻提醒著我，我沒辦法擦掉那種痕跡，永遠也沒有辦法……」

「妳指的是什麼？」厲秋沒有聽懂。

「我本來以為沒有辦法能夠讓他醒來，可是他偏偏……」月川蝶的手緊緊抓住了他的衣袖。「那個人是從另一個世界回來的魔鬼，他會奪走一切，所有的，都要被他搶走。」

「赤蝶，妳在說些什麼？」

「他以為自己已經找到了，他不知道自己完全找錯了方向，所以他沒有權力對我說不可以，他永遠都不會知道了。不是他的終究不會屬於他，沒有人知道，沒有人能告訴他……」

「赤蝶，我聽不懂，『他』是誰啊？是妳哥哥嗎？」

「對不起，秋。」她把頭枕在厲秋的肩上。「我做了一件很過分的事，我生生世世都會覺得內疚，可是我不後悔，我不會後悔，也不能後悔……」

厲秋聽到這裡，還是不明白究竟是怎麼回事，但月川蝶的語氣，卻讓他忍不住打了個冷顫。明明是溫暖的春天，卻像有一陣寒風吹過他的心頭。

「赤蝶，我沒事了，我只是失眠太久，過分疲勞才會有點反常。」他努力地趕走盤旋在心頭的不安，微笑著說，「我知道妳這段時間心情很緊張，等妳哥哥醒過來以後，我們就離開這裡，不再回來了，好不好？不論妳叫什麼名字，不論是月川蝶還是韓赤蝶，我都不在意，只要妳願意，我們還可以和以前一樣。」

出乎他的意料，他說完這些話後，月川蝶沒有激動，沒有雀躍，只是沉默了很久。

「可以嗎？可以當作什麼都沒有發生嗎？我們還回得去嗎？」過了很久，月川蝶靠在他的肩上，輕聲問他，「你會和我一起離開嗎？」

「當然，我是為妳而來，當然會和妳一起離開。」

「嗯。」月川蝶輕聲回應。

厲秋的目光，不知不覺落到了自己綁著繃帶的手腕。

我是為妳而來……

——《南柯奇譚之情相流醉》完

南柯奇譚
NAN KE
QI TAN
番外 赤蝶

窗外，紫微星泛出妖異的暗紅，她收回目光，看著那扇緊閉的門扉。

門被從外面推開，背對著月色，一個修長的身影站在門外。

天還沒亮，但那人卻轉身關上門走了進來。

「好久不見。」那人步履緩慢地走到了燈光可及的範圍裡，微笑著跟她打了招呼。「妳知道我終有一天會回來找妳的，是嗎？」

她輕輕點了點頭。

燈光下，那人俊美的臉上一如以往地帶著溫柔的笑意，她卻看到了從那溫柔裡滲透出來的無奈和憂愁。

她的心不知為了什麼，微微地一陣緊縮。

「我來找妳，只是想問當年沒有來得及向妳問清楚的事情。」那人接著就問，「我想問妳，在他的命盤裡，我究竟是什麼變數？」

「死星。」她開了口，盡量用溫和的語氣回答，「司刑克。」

「原來是這樣，果然是這樣。」那人閉上眼睛。「原來我才是他命裡的災星。」

「只要你活著，他就不可能違背宿命，他一定會死，而且死期將至。」

她知道這話說起來太過殘酷，但她卻只能這樣說。

這是她的職責。

「這句話，已經有人告訴過我，但我還是想問，是不是只要我死了，他就能好好地活著？」那人目光溫潤地看著她。

「不行，天命怎麼可以用這種方法逆轉？」她低下了頭。

「那麼說來，也未必全無可能，是嗎？」

接著，她聽見了淺淺的呼氣聲。

「我能問一句嗎？」她第一次開口提問，「你為什麼不希望他死？甚至想用自己的生命作為交換？」

「我自己也說不清楚，我只是希望他能夠好好的……妳應該是不會懂的。」

「為什麼說我不懂？雖然我生來就被困在這方寸之間，但是我也知道，願意以生命去救另一個人，說明你對他有很深的感情。」不知為什麼，她心裡突然有些難受，於是只能佯裝淡漠地說，「但我還是希望你不要那麼做，他是孤星，應人間血煞之劫，不可能成為九五至尊，而且此時他氣運將盡，你又何必做無用之功？」

「人人都說『天無絕人之路』，我不信沒有辦法化解他的宿命。」那人笑了，「我也知道這並不容易，但人心偏偏就是這麼奇怪，就算要拚上所有，我也不能讓他因為我而承受失敗。」

「但你來到這裡，就是被天命支配，就是為了讓他失敗的。」她看著他。「上天既然做了這樣的安排，就不是人力所能改變。你命中和他相沖，自從你和他相識，命運的走勢已經不容逆轉。」

「所以我來求妳了，妳是我所能夠找到的，唯一可能會有辦法的人。」

那人長長地嘆了口氣。「我知道這是強人所難，但是……」

「他死了對這天下人來說未必是件壞事，從此世間會穩定許久，人們也能休養生息，又有什麼不好？」

「天下人都希望他死，我卻希望他活著。」那人抬起眼睛，就算到了這種時候，那雙眼睛裡還是一片澄澈。「我也不知道自己是同情還是憐憫，但我希望他能夠活到終老，然後自然安詳地死去，而不是因為我改變了一生。如果註定了他會因我而不幸，不如讓我自己承擔這一切吧。」

「你這樣一廂情願，也未必能改變什麼。」

「他說……他愛著我。」那人突然苦澀一笑。

乍聽之下，她心裡突然一片慌亂，只能呆呆地看著他。

「他根本不在意血緣和性別，他說，他愛上的是站在他面前的我。在那之前，我自己都快要無法分辨我到底是誰了。妳知道，這是多麼令我感到震驚的事。」

她看著那人臉上的神傷，一時默然無語。

「其實在我心裡，並沒有真的把這段經歷當做我自己的人生，我對他示好固然是因為這個身分帶來的責任，但多少也帶著功利之心。可是他卻把我這份夾雜著私欲的關心，當成源於內心的真摯感情。我真的非常羞愧，因為我永遠也沒辦法回報他，我……並不是他想像中那樣的人。」

「所以你才遠走他鄉，避開了他？」她輕聲地問，總覺得要是聲音大了點，也許會得到自己並不想知道的答案。

「我不知道該怎麼辦。」那人點了點頭。「但是我不能任由他越陷越深，這具身體和他終究是血濃於水的兄弟，這是不對的。」

「那如果無關身分，其實你也是愛著……」她問的時候，覺得自己的心因為這個問題的答案而跳得飛快。

「不。」那人迅速地打斷了她，「一個人有這種錯覺也就算了，如果兩個人都有了錯覺，那怎麼可以。」

她深深地看了他一眼，不再追問。

「我知道妳能看到過去未來，和我們這些受命運擺布的凡夫俗子是不一樣的。我只想求妳告訴我，究竟要怎麼做才有可能救得了他？」

「命運的洪流怎是人力所能改變的？你再怎麼求我也是沒用的。」她覺得有些無奈。「我們一族的女子，據說是因為繼承了祖先血脈中的鬼仙靈力，才能有窺探機緣的本領。但正是如此，我們這一族人丁薄弱，無一例外皆沒有男性傳承，只能由女性繼承血脈能力，而每一代所出也只有一子一女。而那人的師父，也就是上一代國師紫辰，也是一代方術名家。聽說他就是想違逆天道，煉製不死之藥，所以四十歲就折壽而亡。可見逆天改命，始終是不可為之事。」

「真的那麼難嗎？」那人疑惑地問，「不是說，他的命運是因為我的到來而改變，如果我消失了，一切不是應該回到原點？」

「來不及了，你的到來已經改變了太多東西，所有的一切早已面目全非。你們所有人，甚至於我的命運都已經脫離正軌。當然，我不能說你死了不會改變任何事，但我不能贊同你的想法。」

那人聽完，卻是笑了：「繞了這麼大的圈子，妳原來是在為我擔心。」

她覺得臉上有些發熱，說是私心也對，其實對於她自己，真的不希望眼前的人會遇到不幸的事。

這個溫柔的人，不應該有任何的不幸。

「事情也許還沒有到無可挽回的地步，對嗎？」那人環顧四周，「這裡就像我們一直在說的命運一樣，未來是一間漆黑的屋子，妳雖是一盞指路明燈，卻也只能照亮眼方幾步的距離。黑暗之中究竟還有沒有另一條不同的道路，又有誰能斷言呢？」

「也許吧。」她輕嘆了口氣。

「讓他活著好嗎？不論未來如何，請讓他活著吧。」那人直視著她，眼底是一片憂傷，「只要妳答應我，我願意用我所有的一切來交換。」

「我的能力，恐怕……」

「我求求妳。」

「但是，你真的願意嗎？你說用盡一切交換，那就代表著要失去一切，還有……所有的……」她咬了咬下唇，欲言又止。

「我擁有什麼呢？我不過就是一個虛無縹緲的靈魂罷了。」那人低下頭笑了，「如果可以拿來交換的話，那也是值得的，他……本不應該有這樣的命運，不是嗎？」

「我只能盡力，也許我可以幫你，但也可能只是於事無補的徒勞。」她看著那人低垂的臉，知道自己給了一個不應該給的承諾。

可是，她感覺到了眼前這個人的心底，那種難以用言語訴說給他人知道的痛苦。

這種痛苦，讓她的心都為之隱隱絞痛。

「我知道這是一個很過分的請求，也許這會讓妳付出我無法想像的代價。但我還是希望得到妳的幫助，我知道說這樣的空話沒有意義，只是如果真的有來生，我一定竭盡所能地報答妳。」那人一把抓住了她的手，忘形地說。

「啊。」她飛快地抽回手，臉上湧起陣陣紅潮。

想要的……如果是眼前的你，可以嗎？

「不可以。」

眼前的場景突變，在明滅不定的光線裡，一身黑衣的男人冷冷地瞪著她。

她驚退了一步。

「他是我的，不論是生是死，生生世世，他都只能是我的。」

黑衣男人宛如妖魔的眼睛盯著她，讓她背脊一片冰涼。

在夜風裡，黑色的長髮和衣襬飛揚捲動，恍似要飛撲過來一般，那種吞噬一切的模樣。

「不。」她無力地反駁著，「他不是你的，他不是……」

「只要妳敢。」黑衣男人輕柔地對她說，「不論是誰，我都不會放過。只要妳敢。」

她往後退，踉蹌地跌坐在地上。

「沒有人能把他搶走，他是我的，他是我的……」黑衣男人喃喃說著。

她看見，一滴淚水從他的眼角滑落，湮沒在凌亂飛揚的黑髮之中。

風在空曠的宮殿裡流竄著。

在她眼前閃過血紅的光芒，那些光芒糾纏著她，讓她覺得一陣窒息，就像是被人扼住了頸項。黑暗遮擋住了視線，再也看不見，再也不能呼吸。

她用力地想要拉開頸上的鉗制，直到終於又呼吸到了空氣。

那麼鮮明，那麼清晰……她睜開了眼睛，只覺得手腳一片冰涼，冷汗肆意地流下，自己則在棉被下面瑟瑟發抖。

過了很久，她深吸了一口氣，從床上爬了起來。

披上外衣，她走出自己的房間，跑到另一扇緊閉的門前。

燈光從她腳下的門縫裡透了出來，屋裡的人還沒睡。

「秋。」她輕輕地敲了敲門。

門很快就打開了。

「怎麼了？」秋的臉上帶著溫柔的笑容，「睡不著嗎？」

她輕輕地點了點頭。

「怎麼流了這麼多汗，做惡夢了？」秋把她拉進房間，轉身替她披上了厚厚的外套。「小心點，會著涼的。」

她被安置在舒適的沙發裡，手中被放上一杯熱咖啡。

「幫妳暖手，別喝，不然又要胃痛了。」秋在她面前蹲了下來，把她汗濕的頭髮撥到耳後。

「秋。」她痴痴地看著他，輕聲說，「你不要走好不好？」

「我去哪裡啊？」

「你會是我的嗎？只是我一個人的嗎？」她抓住秋溫熱的手掌。

「說什麼傻話？」秋微微一愣，隨即笑了，「妳睡昏頭了嗎？」

「我夢見……你被人搶走了……」她打了個寒顫。

「小傻瓜。」秋揉了揉她的頭髮，笑得那麼溫柔。

她也跟著羞澀地笑了起來。

這時，眼角突然閃過一縷刺眼的紅色，笑容驀地僵在她的唇邊。

「那個……」她語氣顫抖地說。

秋順著她的目光，摸著自己的脖子。

「這個啊。」他從毛衣領口拉出一條紅色的絲線，「這個幾天前認領的限期到了，一直沒人來領，我就買了下來。」

柔和的光線裡，玉石散發出溫潤的光澤。

「我仔細看過了，上面還刻著字呢。」他用指尖撫摸著玉石上的刻文。

「這四個字，是『君莫離塵』。」

她把手收了回來，愣愣地看著他柔和的笑容。

「君莫離塵……」秋像是無意識地念著，「離塵……」

「不！」她驚叫了一聲。

秋抬起頭，被她蒼白的神色嚇了一跳。

「妳怎麼了？」秋扶住她，緊張地問，「赤蝶，妳不舒服嗎？」

「不可以。」她伸出手，用力抓著他胸前的那塊玉。

「啊！」秋順著她用力的方向前傾了過來。

細細的絲線卻意外地堅韌，她這麼用力，秋的脖子上立刻被勒出深深的血痕。那痕跡和痛苦的表情嚇到了她，她鬆開手，整個人蜷縮在沙發裡面。

「赤蝶，出什麼事了？妳怎麼了？」他顧不上自己疼痛的脖子，著急地追問著。

她看著這雙眼睛。

這麼地溫柔，這種溫柔終於只看著我，終於只看著我了。

你答應過的，不論是什麼要求。

我要的只是你這樣看著我，只是要你的眼睛裡永遠只有我一個人。

「秋……」她紅著眼眶，「我做了一個好可怕的夢，你抱我一下好不好？」

「唉——」秋鬆了口氣，「那個夢真的有這麼可怕啊。」

「秋……」她可憐兮兮地喊著。

「好啊。」秋笑著說，「不過，抱完以後要回房間睡覺了喔。」

她點點頭。

秋伸開雙臂把她摟進懷裡，無奈地嘆了口氣：「真是的。」

她開心地笑了，反手緊緊摟住了她的秋。

我的秋，我的，這是我的秋，他是我的。

燈光裡有一抹刺眼的折射。

順著絲線，一絲鮮血滑落到了白玉上，那豔麗的顏色嵌入那繁複的鐫刻之中。

石。

就像被什麼東西吞噬掉了。她轉過頭，不再去看那塊讓她心慌意亂的玉

只是巧合，不可能的，他們不可能找到辦法的。

所以，他這一生會是我的，只會是屬於我的。

誰也不給，他是我的。

——番外〈赤蝶〉完

高寶書版集團
gobooks.com.tw

BL032

南柯奇譚之情相流醉

作　　者　墨　竹
繪　　者　Beni
編　　輯　任芸慧
校　　對　任芸慧
美術編輯　林鈞儀
排　　版　彭立瑋
企　　劃　方慧娟

發 行 人　朱凱蕾
出　　版　英屬維京群島商高寶國際有限公司臺灣分公司
　　　　　Global Group Holdings, Ltd.
地　　址　臺北市內湖區洲子街88號3樓
網　　址　www.gobooks.com.tw
電　　話　(02) 27992788
電　　郵　readers@gobooks.com.tw（讀者服務部）
　　　　　pr@gobooks.com.tw（公關諮詢部）
傳　　真　出版部　(02) 27990909　行銷部 (02) 27993088
郵政劃撥　50404557
戶　　名　三日月書版股份有限公司
發　　行　三日月書版股份有限公司/Printed in Taiwan
初版日期　2020年2月

國家圖書館出版品預行編目(CIP)資料

南柯奇譚 / 墨竹著.-- 初版. -- 臺北市：高寶國際, 2020.02-
　冊；　公分. --

ISBN 978-986-361-770-9(中冊：平裝)

857.7　　108020192

三日月書版

三日月書版

GOBOOKS
& SITAK
GROUP©

GOBOOKS
& SITAK
GROUP©